Y

MAX-BUCHON.

POÉSIES

FRANC - COMTOISES

TABLEAUX

DOMESTIQUES ET CHAMPÊTRES.

Prix : 50 centimes.

PARIS,

LIBRAIRIE MICHEL LÉVY,

RUE VIVIENNE, 2.

1862

MAX-BUCHON.

—

POÉSIES

FRANC - COMTOISES

TABLEAUX

DOMESTIQUES ET CHAMPÊTRES.

✧

Prix : 50 centimes.

✧

SALINS,
Librairies Duvernois et Billet,
Grand'rue.

BESANÇON,
Librairies Bulle et Gérard,
près Granvelle.

1862

Mon cher Champfleury,

Le 1er mars 1851, vous écriviez dans le MESSAGER DE L'ASSEMBLÉE : « J'ai un ami que j'aime beaucoup et que je n'ai jamais vu. Il s'appelle Max-Buchon et fait des vers. Quand il en a plein un tiroir, il les imprime en petits volumes. Les petits volumes vont où ils peuvent. Max-Buchon ne s'en inquiète pas. »

Cette préface de notre amitié devient tout naturellement celle des pages suivantes, auxquelles Mme George Sand et M. Ste-Beuve ont eu l'obligeance de donner, en passant, un petit coup de chapeau, et dont une bonne partie compte déjà une vingtaine d'années.

Vous avez publié dernièrement des réflexions remarquables sur l'importance du paysage dans la vie domestique des habitants des grandes villes, à notre époque industrielle. C'est ce qui m'encourage à mettre ma présente brochure sous les auspices de votre nom.

Puisse-t-elle vous transmettre à Paris quelques bouffées rafraîchissantes de notre grosse vie franc-comtoise ; c'est tout ce que réclame d'elle votre dévoué

MAX-BUCHON.

Salins, le 1er septembre 1862.

Et, dans son fourré vert de noyers triomphants,
Surgira le clocher trapu de Vuillafans.

En amont du village, et près de l'eau qui l'use,
Vois-tu la maison blanche, au bord de cette écluse,
Où lave cette femme en cornette de lin,
Au milieu des canards, là-bas... c'est le moulin.

Plus tranquille, ô ma Loue, entre ces deux collines,
Promène, si tu veux, tes ondes cristallines,
Sous ces beaux cerisiers, d'où tombent, par moments,
Fleurs et parfums mêlés de sourds bourdonnements.

N'aimes-tu pas à voir ces vignobles étendre
Jusqu'en haut leur verdure harmonieuse et tendre
Comme un tapis moëlleux, d'où les blancs échalas
Ressortent seuls avec quelques pêchers lilas?

Trois ruisseaux pleins de mousse et bordés de vieux aulnes,
Où boivent en été les merles à becs jaunes,
Versent encore ici, comme d'humbles vassaux,
Dans ton lit suzerain le tribut de leurs eaux.

Puis viennent, et partout grands de toute leur taille,
Des peupliers touffus que jamais on ne taille,
Et qu'on voit, par ces vents d'hiver si désastreux,
Comme gens avinés se coudoyer entre eux.

Avise maintenant, sur la colline à gauche,
Ce cimetière herbeux, que le marguillier fauche.
C'est là, c'est là que dort, pour n'en sortir jamais,
Ma pauvre mère, avec bien d'autres que j'aimais.

Quel charme ici de voir, plus largement ouvertes,
Les profondeurs du ciel ; de voir les mouches vertes
Trembler en bourdonnant au bout de chaque jonc,
Comme un novice qui va faire le plongeon.

Et les canards voguer en redressant la queue,
Et les martins-pêcheurs mouiller leur aile bleue,
En rasant à grands cris la surface des eaux,
Pour aller se tapir au loin dans les roseaux.

De voir les galopins secouer les cerises,
Sur le foin frais coupé qui parfume les brises,
Et, de leur suc déjà rouge comme carmin,
Se barbouiller gaîment les lèvres et la main.

De voir, aux mouvements de la barque en dérive,
Comme un essaim d'oiseaux peureux qui sur la rive
Bat de l'aile en lissant un beau plumage gris,
Les dames chanceler en poussant de grands cris.

De voir une baigneuse, aux branches d'un vieux saule,
S'accrocher éperdue en montrant son épaule,
Ou sa jambe sous l'eau, blanche comme du lait,
Dès qu'elle sent son pied glisser sur le galet....

Là-bas, c'est Montgesoie et sa splendide plaine,
Que tu ferais très-bien de franchir d'une haleine,
Afin de voir plus tôt, sur tes bords s'assemblant,
Ornans, l'agreste ville, au clocher de fer-blanc.

POÉSIES FRANC-COMTOISES.

I. La Loue.

L'entendez-vous hurler dans sa tannière immense,
Et bondir sur le seuil comme un tigre en démence,
Hérissée et faisant bien voir toutes ses dents
Aux flaneurs qui voudraient s'aventurer dedans ?

Mesurez du regard cette coupole étrange.
Dont chaque entablement symétrique se frange
D'herbages malheureux, d'arbustes rabougris,
Tout surpris d'avoir crû contre ce rocher gris ;

Et dites-moi, d'après ce que votre âme éprouve,
Si ce n'est pas bien là le palais d'une louve,
Farouche majesté, qu'un meunier va pourtant
Brider, comme un baudet, d'un licol insultant.

Ces meuniers ont vraiment d'incroyables idées !
Comme s'il lui fallait plus de quelques ondées
A cette masse d'eau, pour adoucir le ton
Qu'affecte ce cher homme, au bonnet de coton.

Va, bondis, ô ma Loue ! à travers leurs entraves,
Et n'imite jamais ces rivières esclaves,
Que les hommes, flairant partout un lucre vil,
Alignent au cordeau de leur code civil.

De tes faveurs, crois-moi, ne sois jamais prodigue,
Et ne souffre, surtout, jamais que l'on t'endigue,
Car Dieu te créa libre, et, sans la liberté,
Que deviendrait ta pure et sauvage beauté ?

Tiens à ce qu'on redoute encor plus qu'on n'admire
Ton onde transparente, où le ciel bleu se mire,
Et puisse ne jamais te devenir fatal
Ce fougueux abandon du grand rocher natal.

Tâche qu'à ta vertu jamais le pied ne glisse,
Et que ton cœur de louve en rien ne s'amollisse,
Quand tu verras, là-bas, dans ce joyeux bassin,
Où chaque arbre sourit d'amour à son voisin,

Syratu mutilé par un goujat ignoble,
Puis Mouthiers déployant à droite son vignoble,
Tandis qu'en souriant il montre aux yeux ravis,
Ses cerisiers avec son Moine vis-à-vis.

Ensuite viendra Lods, où chacun sans vergogne,
Boit sa bouteille blanche, à long cou de cigogne,
Sans en laisser jamais la moindre goutte au fond,
Malgré le bruit qu'en bas les gros cylindres font.

Prends Grand-Biez au passage, et poursuis ta volée...
Bientôt va s'élargir devant toi la vallée,

La ville aux rochers grands comme des citadelles,
Où notre ami Courbet, en couleurs si fidèles,
A peint ses claires eaux, ses roches, ses vallons,
Ses enterreurs aux nez si rouges et si longs,
    Ses cribleuses de blé, sa fileuse indolente,
Ses baigneuses montrant leur échine opulente,
Ses cantonniers avec leur culotte en lambeaux,
Ses fouillis dans les bois si touffus et si beaux ;
    Son dîner qui finit dans la grande cuisine,
Ses bestiaux rentrant de la foire voisine ;
Ses chevreuils, par un pied aux arbres suspendus,
Ses grands cerfs se ruant l'un sur l'autre éperdus,
    Ses neiges inondant les taillis et la plaine,
Et tant d'autres splendeurs dont sa belle âme est pleine,
Et dont l'histoire, à bout de morgue et de défi,
Fera bientôt, le mieux du monde, son profit.
    Vraiment de ce vallon tu dois être contente.
A ta place, ma foi, j'y planterais ma tente,
En laissant à leur gré courir ces pieds poudreux,
Qui voudraient les chemins faits tout exprès pour eux.
    Bah ! j'ai beau t'avertir ; tu ne m'entends pas même.
Tant pis pour toi. Voici le ruisseau de la Brême,
Maizière et Scey, dessous son château saint Denis,
Ruine où les serpents font aujourd'hui leurs nids.
    Scey, dont, à ce qu'on dit, le sommeil apathique
Est troublé par le cor d'un chasseur fantastique,
Qui, chaque nuit y met les lièvres aux abois,
En déchaînant sa meute à travers les grands bois.
    Voici Cléron, bientôt Chatillon va donc poindre.
C'est là que le Lizon va venir te rejoindre.
Gageons que s'il n'est pas prêt à t'y recevoir,
Tu vas continuer ta route sans le voir.
    Pourtant, sur plus d'un point, le Lizon te ressemble,
Et vous ferez, je crois, très-bon ménage ensemble.
Les gourmands prisent fort tes truites, Dieu merci !
Mais les siennes ont bien leurs mérites aussi.
    Le Lizon ! Mais il vient de passer sous Alaise,
Où nos pères jadis furent si mal à l'aise,
Quand César, dans un cercle immense les bloquant,
Voilà vingt siècles, mit les Gaules au carcan.
    Ces grands noms dont l'histoire avide se jalonne,
De Vercingétorix et de Vergassilaune,
Ne résonnent-ils pas assez lugubrement,
Pour qu'ici nous puissions faire halte un moment ?
    Quoi ! c'est dans vos rochers aux âpres crénelures,
Loue et Lizon ! qu'avec leurs longues chevelures,
Ces beaux géants tout nus, la framée à la main,
Furent donc bousculés par le chauve Romain !
    C'est ici que coula, par immenses rigoles,
Le sang de ces derniers libres enfants des Gaules.

Et vous n'en disiez mot, historiens pédants !
Faites-vous donc sabrer pour de tels descendants !

De cette parenthèse, en passant, ô ma Loue !
Ton cœur fier et loyal, j'en suis certain, me loue ;
Car, au malheur tu sais quel saint hommage est dû ;
Et nous rattraperons vite le temps perdu.

Vois comme ce château de Billon se rengorge.
Traverse lestement Chenecey, puis la forge ;
Tourne ce vieux donjon d'un nouveau surchargé,
Et nous apercevrons la route de Quingey.

C'est là que va s'ouvrir la plaine monotone,
Ma chère Loue; aussi, permets que je m'étonne
De ton acharnement invincible à quitter
Ces lieux qu'il te faudra si vite regretter...

De Lombard à Mesmay, Dieu ! comme tu te traînes...
Tu vas pourtant trouver la Furieuse à Rennes.
Du rocher de Lorette, au Port, faisons le tour,
Et, du coup, nous voilà dans le beau Val d'Amour.

Or, ce beau val, s'il faut croire à ce qu'on raconte,
Etait jadis un lac au bord duquel un comte
Habitait un manoir tout fièrement posé ;
Tandis que l'on voyait sur le bord opposé

S'élever aux confins de cette humide plaine
Celui d'une charmante et noble châtelaine
Près laquelle venait le comte bien souvent
Faire acte de servage amoureux et fervent.

Tout allait à ravir, quand par malheur l'orage
L'assaillit un beau jour, et, malgré son courage,
Le comte et son bateau sombrèrent en chemin ;
Si bien que, pour ravoir son corps le lendemain,

La pauvrette fit faire une immense percée,
Et quand toute cette eau se trouva dispersée,
Un beau vallon resta, lequel, depuis ce jour,
Reçut, en souvenir, le nom de Val-d'Amour.

Mais, au lieu d'écouter ma légende amoureuse,
Voilà que tu reprends ta fougue aventureuse...
A ton gré ! Puisque rien ne peut te retenir,
Marche, marche, et voyons où tu veux en venir.

Voici Champagne, Liesle et le château de Roche,
Puis la saline d'Arc, et Cramans, là tout proche,
Puis Chamblay, pauvre Loue, où l'on va, sur le dos,
Te mettre nos sapins fagotés en radeaux...

Ah ! quand tu rugissais de toutes tes entrailles,
Là-haut, dans ces rochers alpestres de Nouailles,
Nous ne voyions pourtant rien qui nous annonçât
Que jamais tu ferais ce métier de forçat,

Encore est-il heureux que sitôt la Cuisance
A ton service mette aussi sa complaisance;
Car, sans elle, jamais tu n'eusses renversé,
Si bien que tu l'as fait, le vieux pont de Parcey.

Mais voici le Doubs. Tâche au moins, pauvre étourdie,
De prendre, en l'abordant, une allure hardie,
Et chacun oubliera ce voyage imprudent,
En voyant à Parcey ton dernier coup de dent.

II. Les Sapins.

Du Grand-Jura, voici la grande sapinière
Qui semble se pâmer d'ivresse printanière,
En sentant les oiseaux des bois poser leurs nids,
Sur ses rameaux ombreux par le bout rajeunis.

Des sapins jusqu'au fond de ces profondeurs vagues,
Et partout et toujours pareils, comme les vagues
Que roule l'Océan du bout de l'horizon,
Quand il fait ondoyer son humide toison.

Toujours méditatifs, toujours stationnaires,
A peine, par moment, leurs cimes centenaires
S'émeuvent sous la brise en pleurs, et l'on dirait
Qu'à leurs voisins, tout bas, ils content un secret.

Comme tous ces sapins, quilles vertigineuses,
Nous baignent à grands flots d'effluves résineuses ;
Comme les écureuils, dans ce fouillis épais
De branchages moussus, doivent nicher en paix !

Et l'hiver, quand la neige étend ses nappes blanches
Sur la voûte qu'au loin forment ces hautes branches,
Comme lièvre et chevreuil doivent s'y trémousser
Aux moindres coups de vent qui viennent à passer.

Du soleil aujourd'hui les flèches enflammées
Se glissent à travers ces immenses râmées,
Comme pour nous montrer les fraises à foison,
Qui, sous les framboisiers, marquetent le gazon.

Mais quel fracas subit par là-haut se déchaîne ?
C'est la tempête ! Eh ! qui l'eût crue aussi prochaine ?
La foudre, les éclairs, l'averse ! Où nous cacher ?
Bah ! restons, pour tout voir, blottis sous ce rocher.

Quel affreux cataclysme et comme l'eau ruisselle !
Sur sa base voilà tout le bois qui chancelle,
Et, dans le vent, se tord, convulsif et troublé,
Comme pourrait le faire un pauvre champ de blé.

Tout-à-coup l'ouragan, à travers l'avalanche,
Craque ! Ah ! quelle secousse et quelle flamme blanche !
C'est la foudre, et voilà deux sapins des plus beaux
Qui tombent brusquement à nos pieds, par lambeaux.

Au loin tout dégringole en longue colonnade,
Et des explosions comme une canonnade !
De cet affreux chaos, lorsque viendra le bout,
Combien d'arbres ici resteront-ils debout.

Un dernier coup de vent emporte au loin la pluie,
Le tonnerre s'éloigne et la forêt s'essuie.

Les rigoles partout sont encor des ruisseaux,
Qu'en haut chantent déjà d'aise tous les oiseaux.

Aux sapins qui, malgré leur grosseur et leur taille,
Jonchent ici le sol comme un champ de bataille,
Qu'on juge du vainqueur farouche et sans merci,
Qui, tout à l'heure, vient de passer par ici.

Les merles rassurés, de colline en colline,
Semblent dire bonsoir au soleil qui s'incline
Vers l'occident bourré de grands nuages d'or,
Et, dans son lit plus frais, la nature s'endort.

III. La Dînée.

C'est à l'*Ours*, autrefois, chez Madame Caresche,
Que les chevaux mangeaient l'avoine à pleine crèche,
Pendant que les rouliers, leurs maîtres, attablés,
Dînaient, de leur chapeau crânement affublés.

Dans la grande cuisine, au milieu du vacarme,
Les marmites cuisaient que c'était un vrai charme,
Si bien l'on entassait, dessous, les gros quartiers
De sapin, et parfois, les fagots tout entiers.

Aussi fallait-il voir, tant que durait l'année,
Comme à l'intérieur l'immense cheminée
En forme d'étouffoir, étalait à foison
Les énormes morceaux de grosse salaison.

Sitôt qu'on soulevait à peine le couvercle
Des casseroles qui cuisaient en demi-cercle
Autour de ce foyer, l'on ouvrait de grands yeux,
A se trouver si près d'un gala si joyeux.

Tous les jours, vers midi, quand le dîner approche,
Une longe de veau rôtissait à la broche,
Ou quelque gros poulet bien loin de redouter
La critique de ceux qui pourraient en goûter.

Dans la salle à manger, l'on prenait bien ses aises
Sur des bancs de sapin qui tenaient lieu de chaises ;
La nappe à filets bleus abondamment prouvait
Par ses taches de vin, combien l'on y buvait.

Ici, pas question de luxe de vaisselle,
Mais qu'importe le plat, quand, dessus s'amoncelle
Tout ce qui met en joie un dîneur affamé,
La bonne soupe aux choux, le gros jambon fumé,

Le bouilli constamment d'une tendresse extrême,
La choucroute au saindoux, le gras-double à la crème,
L'andouille, le civet de lièvre ou d'écureuil,
Voire même, en son temps, le cuisseau de chevreuil.

Puis venait le dessert avec ses apanages,
Les assiettes de choix, à fleurs, à personnages
En rendez-vous d'amour doucement réunis
Sous des tas de croquets, d'amandes, ou d'anis.

A côté du fromage arrivait la compote,
Et même les biscuits pour faire la trempotte,
Puis enfin le café, de sucre se comblant,
Avec le *gloria* dans son carafon blanc.

Bientôt, la trogne aussi rouge qu'une pivoine,
Pendant que les chevaux finissent leur avoine,
Ces messieurs, au foyer, en gens de la maison,
Allument leur bouffarde, à l'aide d'un tison.

Il est tard, plus moyen de boire davantage,
—Allons, portez-vous bien, les gens ; à l'avantage !
Allons, comme d'usage, à dimanche ou lundi,
Que le dîner soit prêt sur le coup de midi.

IV. Demande en mariage.

Anne Barbe, il est temps de régler nos affaires.
De cet autre, ou de moi, sachons qui tu préfères.
A ce train je ne puis plus résister beaucoup,
Car j'en deviens vraiment maigre comme un coucou.

C'est ton père, dis-tu, qui voudrait te contraindre ;
Bah ! tu n'es certes pas fille à si fort le craindre.
S'il raffole du vieux qu'il prétend t'imposer,
Ce n'est pas toi, c'est lui qui devrait l'épouser.

Est-ce ma faute, à moi, si je t'aime, Anne Barbe ?
Depuis l'âge où s'est mise à me pousser la barbe,
Aurait-il donc fallu m'arracher les deux yeux,
De peur de voir jamais ton minois gracieux ?

Allons, ma chère, allons, sois un peu raisonnable,
Pour moi la vie ainsi n'est vraiment plus tenable.
Tu n'imagines pas les ennuis d'un garçon,
Quand il est seul, tout seul, pour tenir sa maison.

Admettons qu'on s'en tire à peu près en cuisine,
Admettons qu'on n'ait pas recours à la voisine
Pour recoudre au besoin, sa culotte, à peu près,
Ou pour traire un moment ses vaches... mais après ?

Après ! c'est votre lard que le chat vous maraude,
C'est un lit où sans fin l'on couche à la rechaude,
C'est la nécessité de faire, en endiablant,
Lessive de Gascon, faute de linge blanc.

Allons, dis que tu veux être ma bonne amie,
Que redouterais-tu ? Ma physionomie
N'est-elle pas toujours celle d'un bon enfant ?
Ah ! qu'un seul mot de toi me rendrait triomphant !

Pour nos marmots futurs je serai plein de zèle,
C'est moi qui, du berceau, tirerai la ficelle,
Toute la nuit, pendant que tu reposeras...
Pense déjà, pour toi, quel fameux débarras !

Tous les matins aussi, libre à toi de te faire
Ta tasse de café. Le café, c'est l'affaire

Des femmes, je sais bien ; sans compter par moment,
Que c'est indispensable à leur tempérament.

Tu verras si je suis un homme de ressources.
Pour te faire un plaisir, il n'est ni frais ni courses,
Que je n'accepte avec des transports de bonheur.
A ton choix, tu verras si je sais faire honneur.

Tu tiendras, si tu veux, des poules par centaine.
Quant à l'argent du beurre et des œufs, sois certaine
Que je n'y toucherai jamais ; conséquemment,
Tu pourras en user tout-à-fait librement.

Les cadeaux vont tomber sur toi comme la grêle.
Tu n'iras, si tu veux, par les champs qu'en ombrelle,
Compare cette vie à celle qui t'attend,
Si tu me plantes-là pour ce vieux pénitent...

Un vieil avare ! un vieux poussif ! un vieux maussade !
Des dents comme de vrais piquets de palissade ;
Un crâne sans cheveux à faire peur aux loups...
C'est celui-là qui va faire un fameux jaloux.

Anne Barbe ! voyons, j'ai, dans mes écuries,
Six vaches et deux bœufs. J'ai des champs, des prairies,
Avec de grands rouleaux d'écus dans mon buffet ;
Le ménage, tu vois, sera donc bientôt fait.

Dis un mot, un seul mot, et je cours aux emplettes,
De châles, de bonnets, de parures complètes,
Dans les genres les plus neufs et les plus flambants...
Et dimanche prochain, nous publierons les bans.

V. Réponse.

En vérité, mon cher, tu parles comme un livre,
Je suis parfois assez d'avis qu'on me délivre
Des soupirs de ce vieux qui te rend furibond ;
Mais, c'est égal, les vieux ont quelquefois du bon.

Un homme à tête chauve en est plus respectable ;
Sans compter qu'il jouit d'un mérite notable :
Avec lui, pas moyen de se prendre aux cheveux,
Et c'est précisément aussi ce que je veux.

D'avance, un mari jeune est toujours, à l'entendre,
Tout ce qu'on pourra voir de plus doux, de plus tendre,
Puis ensuite il devient d'un tout autre acabit ;
C'est au porter qu'on voit ce que vaut un habit.

Quand la lune de miel est une fois passée,
Voilà la pauvre femme à peu près délaissée ;
Puis arrive un troupeau de marmots polissons
Qui la font endèver de toutes les façons.

Et pendant ce temps-là, monsieur est à l'auberge,
Qui fait le joli cœur, qui boit, qui se goberge.
Si j'en parle d'un ton si sûr et si savant,
C'est que cela se voit partout, bien trop souvent.

Avec un mari vieux, rien de pareil n'arrive.
L'amour auprès de vous, calme et soumis le rive,
Rempli de petits soins dont on est tout surpris,
Et qui prouvent combien il est toujours épris.

Un mari vieux jamais ne dira : — Je t'ordonne !
Au contraire, c'est lui qui veut qu'on lui pardonne,
Quand on lui fait un trait, ou qu'il s'est arrogé
Le droit de dire un mot sans être interrogé.

Voilà, mon cher, comment se font les bons ménages.
En est-ce un de ceux-là, dis, que tu me ménages ?
Songes-y bien, tandis qu'il en est encor temps,
Parce que moi, vois-tu, j'entends et je prétends...

J'entends ne pas rester toujours simple fermière,
Du village, je veux devenir la première.
Je veux être mairesse. A celui qui m'aura,
La charge d'y pourvoir aussitôt qu'il pourra.

Pour ma chambre, je veux de la tapisserie ;
Un papier rose et frais qui toujours me sourie ;
Un beau lit en noyer avec trois matelas,
Et des rideaux cossus à joyeux falbalas.

Je veux une commode avec un secrétaire,
Qui de tout notre argent reste dépositaire ;
Puis, des chaises de paille, avec un grand miroir,
Où, de la tête aux pieds, l'on puisse bien se voir.

Pour la noce, je veux une robe de soie
Qui fasse bien froufrou, qu'on marche ou qu'on s'asseoie.
Je veux ma montre en or et mon châle assez long,
Pour que le coin descende au moins jusqu'au talon.

A mon café (pardon de l'exigence extrême),
J'entends tous les matins joindre mon pot de crème ;
Quant au berçage il n'est pas besoin d'en parler ;
Qui fera les paquets saura bien les rouler.

Enfin, je veux avoir, chez moi, mes raves rondes ;
Voilà. C'est mon idée, et tant pis si tu grondes.
Le vieux me promet, lui, tout cela sans façons ;
Ainsi, pour y tenir, j'ai donc bien mes raisons.

Vois si tu veux lutter contre la concurrence,
Et tâcher d'obtenir de moi la préférence ;
Peut-être daignerais-je un jour te la donner ;
Sinon, ma foi, tu peux aller te promener.

VI. Le Frâne.

Le Frâne est une ferme assez bien arrondie,
Dans laquelle on pourrait se croire en Normandie,
Quand ses frênes géants, au souffle de l'été,
Retrouvent leur feuillage épais et velouté.

Jusqu'à la fin d'avril pas un bourgeon n'y bouge.
On n'y voit que des champs à grosse terre rouge,

Entrecoupés de longs amas de cailloux blancs,
Que le sol défriché rejette de ses flancs.

De gros genevriers meublent au loin la lande,
En attendant le bec de la grive gourmande.
Des bancs de rocher nu, des buis, des prunelliers,
Alternent pauvrement jusque sous les halliers.

Quand l'hiver se déchaîne en folles algarades,
Pas moyen de rêver ici de bergerades,
Si bien, sous les frimats qui viennent le fouetter,
Tout ce grand paysage a l'air de grelotter.

La neige avec le sol nivelle les clôtures,
Et jusqu'à moitié roue inonde les voitures,
En pesant sur le toit comme un lourd matelas
Que la bise revêt d'un glacis de verglas.

Au premier vent de mai, métamorphose immense,
L'alouette à chanter tout-à-coup recommence.
La verdure envahit les prés et les buissons.
Les linottes, les geais, les coucous, les pinsons,
Unissent brusquement leurs gaîtés sans égales,
Aux bourdonnements sourds des mouches, des cigales ;
On ne voit plus partout que fleurs et papillons,
Des splendeurs de l'été, premiers échantillons.

L'hirondelle en émoi vient dans la cheminée
Rechercher son doux nid de la dernière année,
Puis repart comme un trait, pour bientôt revenir,
Et repartir encore, ivre, à n'en plus finir.

Les blés dardent partout leur pousse en baïonnette.
La marguerite a l'air d'une fermière honnête
Qui vient de se passer sa collerette au cou ;
A l'entour des murgers surgissent tout à coup
Les campanules qui retombent indolentes,
Les œillets aux couleurs toutes sanguinolentes,
Et, dans les trous de murs, par moment, le hasard
Laisse poindre le nez curieux d'un lézard.

Dans cette ferme, à morne et robuste attitude,
On a l'isolement, mais sans la solitude,
Car, sur le moindre frêne, on n'a qu'à se percher,
Pour voir quelle heure il est au cadran du clocher.

Sous le large avant-toit, gisent à l'aventure
Des agrès de labour, des timons de voiture,
Des herses, des fagots, pêle-mêle étendus,
Et les jougs des gros bœufs, à leur clou suspendus.

Les moineaux à l'entour braillent leur tintamarre ;
Le gros fumier carré s'affaisse dans sa mare.
Le coq tout fier appelle, et poules d'accourir,
Au petit grain de blé qu'il vient de découvrir.

La fontaine, plus loin, babille dans son auge,
Aux abords de laquelle, allégrement patauge,
Dans la bouze, le gros et le petit bétail,
En agitant sa queue ainsi qu'un éventail.

La chatte, sur le seuil, en fidèle portière,
Frôle du flanc le mur, et guette la laitière,
Dont peut-être elle attend une goutte de lait ;
Le vieux chien, de son nid, sort bonasse et replet.
  La mère fait la soupe au feu de la cuisine.
Le dernier des marmots, vers la table voisine,
Apporte, à la brassée, un pain plus gros que lui.
Aux splendeurs du couchant la fenêtre reluit ;
  Et sur table déjà, la bonne soupe fume,
Que le père, étreignant des cuisses son enclume,
Sur sa faux, que sa main serre comme un étau,
Frappe encore, attendu qu'on fauchera bientôt.

VII. Les deux Commères.

—Nos gens partent pour la foire ;
Je viens de les emballer,
Avec notre vache noire
Qui n'y voulait pas aller.
Ils vont faire, j'imagine,
Un dîner des plus fâmeux...
Qu'en dites-vous, ma voisine,
Hein ! si nous faisions comme eux ?
—Oui fichtre ! faisons comme eux !

  —Ils vont avoir une soupe
Excellente, un vrai bouillon...
—Voulez-vous que je la coupe
Dans ce grand plat vermillon ?
—Sans parler de la pitance,
Du dessert, et cœtera...
—Cherchons donc dans la crédence,
Car qui cherche trouvera...
—Oui, qui cherche trouvera.

  —J'avais fait cuire dimanche,
Ce magnifique jambon.
Coupons-en vite une tranche,
Vous verrez comme il est bon !
Et pendant qu'on se goberge
Là-bas, avec notre argent,
Allons chercher à l'auberge
Un doigt de vin, c'est urgent...
—Oui, fichtre, c'est très-urgent.

  —Tenez, j'en ai pris deux litres.
—Mais vous aviez dit un doigt ?
—Bah ! nous serions bien bélitres ;
Moi, je fais ce qui se doit.
—Eh bien, alors, ma cocotte,
Grillons vite ce pain blanc,
Et faisons une trempotte ;

Vous verrez, c'est excellent !
—Oui, fichtre, c'est excellent !

—Comme le sucre se tasse !
—Notre vin chaud va boucler.
—Prenez garde à votre tasse,
Le chat peut la bousculer.
—Bon, venez que je vous serve,
—Mais rien ne vous restera !
— N'ayez pas peur ; j'en conserve :
D'ailleurs on en refera.
—Oui, fichtre ! on en refera.

—Vraiment quelle bonne idée
Vous avez eue en venant !
Je me sens l'âme inondée
D'un bonheur très.... surprenant.
—Et moi donc ? tenez, voisine,
Je sens mon cœur s'embraser
D'une tendresse divine...
Donnez-moi vite un baiser.
—Oui, ma poule, un gros baiser !

—En revenant de la foire
Tout à l'heure nos maris
Seront, je penche... à le croire,
Tous deux, on ne peut plus gris.
—Quel ivrogne que mon homme !
—Un gueux qui me fait damner !
—Allons faire un petit somme,
Car tout commence à tourner...
—Oui, tout commence à tourner !

VIII. Les Foins.

Doux poëte, venez ; venez, soigneuse abeille,
Venez tous deux remplir encor votre corbeille ;
Venez tous deux jeter votre dernier coup d'œil
Sur ces prés qui, demain, seront peut-être en deuil.
Eh quoi !... déjà l'été ? quoi, ces plaines couvertes
De papillons joyeux, de fleurs et d'herbes vertes,
Exhalant leurs parfums âcres autour de nous,
Et baignant, comme l'eau d'un fleuve, nos genoux....
Eh quoi !... toutes ces fleurs, si frêles, si charmantes !
Souriant au soleil d'un sourire d'amantes ;
Tous ces sainfoins remplis d'ineffables senteurs,
De fourmis en querelle et de grillons chanteurs ;
Luzerne, serpolet, scabieuses, graminées.
Les trèfles, l'ancolie aux têtes inclinées,
Les narcisses avec leurs pétales d'argent....
Eh quoi ! tout mourra donc, quand viendra la Saint-Jean !
Oui, vienne la Saint-Jean, vienne la faux jalouse,

Et nous n'aurons plus là qu'une triste pelouse,
Où s'éparpilleront mille insectes surpris
De ne plus retrouver leurs nocturnes abris.
    Puis, derrière la faux, les andains uniformes
S'étendront côte à côte, à travers les grands ormes,
Comme ces régiments que la mitraille abat
D'un seul coup, sans clameurs, sans répit, sans combat.
    Puis, après les faucheurs aux poitrines velues,
Des faneuses viendront, folâtres et joufflues,
Un râteau sur l'épaule, et cachant de leur peau
La robuste fraîcheur sous un vaste chapeau.
    Et quand tout sera mort et tranché par la tige,
Quand il ne restera plus trace ni vestige
De sève dans ces fleurs si superbes à voir,
Quand la chaleur aura fait partout son devoir,
    Les pesants chariots sortiront de la ferme,
Avec deux bœufs, au pas majestueux et ferme,
Qu'on sauve, en leur collant force joncs à l'entour,
Du taon, mouche infernale, aux instincts de vautour.
    Doux poète, venez; venez, soigneuse abeille,
Venez tous deux remplir encor votre corbeille,
Venez tous deux jeter votre dernier coup d'œil
Sur ces prés qui, demain, seront peut-être en deuil.
    Oh! comme la nature est riante et comme elle
Ferait couler à flot, de sa forte mamelle,
Si nous l'interrogions, moins grossiers ou moqueurs,
La santé dans nos corps et l'amour dans nos cœurs!...
    Le matin, quand tout luit, quand tout chante et s'éveille,
Quand tout va retrouvant ses parfums de la veille,
Quand tout va revêtant ses plus vertes couleurs,
Les tilleuls embaumés et les sureaux en fleurs;
    Qui n'a senti parfois, en folles rêveries,
Son âme s'envoler à travers les prairies,
Avec un bruit confus de feuillages ou d'eaux,
Les bras tout grands ouverts, et couché sur le dos?
    D'abord ce sont des cris et des voix sans pareille,
Qui viennent doucement vous tinter à l'oreille,
Pendant qu'on suit au ciel un nuage anguleux,
Qui s'enfuit par-delà les grands horizons bleus.
    Puis, le long de vos bras, grimpe à la dérobée,
Quelque roux perce-oreille ou quelque scarabée;
Ou, verte et repliée en forme d'oméga,
La chenille, flairant quelque nouveau dégât.
    Fermez alors les yeux; que tout vienne à se taire
Pour vous à la surface, et regardez sous terre,
Tout rempli de terreur et d'admiration,
Le travail incessant de la création.
    Voyez dans quel chaos se croisent ces racines
Que chaque insecte mord de ses dents assassines;
Voyez par quels chemins la sève lentement

Monte et circule autour du moindre filament.

Et comprenez, à voir ainsi cet autre monde,
Où tout est fange, nuit, suintement immonde,
Ce qu'il faut, par-dessous, d'efforts inaperçus,
Pour qu'une pauvre fleur éclose par-dessus.

Ainsi quand un hasard moins désolant ramène
Le sourire effacé sur une bouche humaine,
Ne l'enviez pas trop, avant d'avoir compté
A quel prix ce sourire, hélas ! fut racheté,

Car tout bien a pour nous sa face expiatoire ;
Comme pour ce voleur dont nous parle l'histoire,
Qui cachait sous sa robe, aux plis calmes et blancs.
Le renard affamé qui lui rongeait les flancs.

Doux poëte, venez ; venez, soigneuse abeille,
Venez tous deux remplir encor votre corbeille ;
Venez tous deux jeter votre dernier coup d'œil
Sur ces prés, qui, demain, seront peut-être en deuil.

IX. Clair de Lune.

La nuit sur nous lentement
    Déroule ses voiles,
En faisant au firmament
    Briller les étoiles,
C'est l'heure où les amoureux
Regardent plus langoureux
    La lune indolente
    Si calme et si lente.

C'est l'heure où l'oiseau finit
    Sa complainte douce,
En revenant à son nid
    De plume et de mousse,
D'où son œil ensommeillé
Guette encore émerveillé
    La lune indolente
    Si calme et si lente.

La fleur que les feux du jour
    Avaient épuisée
Prend enfin avec amour
    Son bain de rosée.
Le bassin de l'abreuvoir
Dans sa belle eau laisse voir
    La lune indolente
    Si calme et si lente.

Le noyer silencieux
    Dans l'ombre incertaine
Rêve, en dressant vers les cieux
    Sa cime hautaine.

Les grillons, à travers champs,
Bercent de leurs plus doux chants
    La lune indolente
    Si calme et si lente.

Dans la plaine va soufflant
    La brise fantasque,
Et le clocher de fer-blanc
    Reluit comme un casque.
Au sein de l'immensité,
Plane en toute liberté
    La lune indolente
    Si calme et si lente.

Heureux qui, dans ce moment
    De délice extrême,
Peut, incliné doucement
    Vers celle qu'il aime,
Le cœur libre de souci,
Voir là haut, planer ainsi
    La lune indolente
    Si calme et si lente.

X. L'Incendie.

Quoi ! le village dort et plus un chat n'y bouge,
Et voilà que la nuit tout d'un coup devient rouge...
Au feu ! les gens, au feu ! Dieu ! comme vous tapiez
De l'œil... Au feu ! voyons ; en avant les pompiers !
    Pardon, mes bons amis, si cela vous dérange ;
Mais, comme d'un volcan, le feu sort de la grange.
Et quand si près tout brûle, il n'est vraiment pas sain
De tenir trop longtemps tête à son traversin.
    Venez donc, vous mettrez en route vos bretelles.
Ces gens sont, j'en suis sûr, dans des transes mortelles.
Que c'est affreux, la nuit, d'être ainsi réveillé,
En pensant : — Un peu plus, j'allais être grillé.
    Plus moyen de sortir le bétail de l'étable,
Malgré tout le vacarme horrible et lamentable
Du maître qui, perdu dans un nuage ardent,
Hurle, supplie et frappe à grands coups de trident.
    Et la femme! pensez ! Une jeune nourrice...
La pauvrette ! De peur que son enfant périsse,
Je suis sûr qu'en chemise, étreignant son berceau,
Du lit à la fenêtre elle n'a fait qu'un saut.
    Ah! voici qu'on accourt, et, si je ne me trompe,
D'après le bruit, ce doit être la grosse pompe.
La cloche aussi se met à sonner le tocsin...
Mais la fontaine, est basse et rien dans le bassin.
    Allons, jusqu'au ruisseau vite faisons la chaîne.
Pas moyen de trouver la moindre eau plus prochaine ;

2

A la chaîne! voyons, ici point de lambin,
Et tant pis si vos pieds prennent un petit bain.
    Avec son grand jet d'eau, raide comme une lame,
La grosse pompe a l'air de flageller la flamme,
Puis, voyez donc, armés de perches, les pompiers,
Sur ce vieux mur, qui va leur manquer sous les pieds.

    Du feu sauvons au moins le reste du village ;
Chez le pauvre fermier tout est comme au pillage.
De la fenêtre on traîne, à bras ou sur le dos,
Les tables, les buffets, les lits et les rideaux,
    Le dressoir, les chaudrons, les sacs d'avoine ou d'orge;
La poële, le soufflet, la caisse de l'horloge,
Les bandes de vieux lard, les souliers, les habits,
Les chemises, les draps, les miches de pain bis,
    L'almanach, le miroir, le Christ, le baromètre,
La bourse et les papiers, qu'on ne sait plus où mettre...
Ah! Dieu! dans le tapage affreux que ces gens font,
Si sur eux tout à coup s'écroulait le plafond !

    Le fourrage montait plus haut que la lucarne ;
C'est dans le foin qu'ainsi le sinistre s'acharne.
De la tuile on entend là-bas le carillon...
Gare!... le toit s'effondre! Ouf! quel noir tourbillon !
    La grosse pompe, enfin, lance plus à son aise
Ses inondations sur l'immense fournaise,
Où tout siffle, se tord comme ferait un nid
De serpents, et tout va bien vite être fini.

    Au milieu du brasier, la grande cheminée,
Rouge, silencieuse, à moitié calcinée,
Contemple tout avec le lugubre embarras
D'un géant qui viendrait de perdre ses deux bras.

    Et quand renaît le jour, les vaches ahuries
Vaguent en mugissant à travers les prairies ;
Les meubles saccagés, les graines du fermier
S'empilent pêle-mêle à l'abri d'un pommier.

    La seille de cuisine a perdu ses beaux cercles,
Les marmites n'ont plus d'anses ni de couvercles,
Le linge est à moitié brûlé sur chaque pli ;
Dans la fosse au purin baignent les bois de lit.

    Au jardin, les beaux choux, les oignons, la salade,
Les carottes, tout est réduit en marmelade ;
Et, des déblais encor flamboyants et bourbeux,
L'on tire, presque cuits, trois ou quatre gros bœufs.

    Et, les yeux creux, les bras cassés, pâle, hagarde,
Stupide de douleur, la famille regarde...
Sans remarquer le chat, pour le moment, en train
De refaire toilette au fond d'un vieux pétrin.

XI. Le Chaudronnier.

— Voici le chaudronnier, ma brave chère dame,
Donnez vite vos vieux meubles, qu'on les étame,
Cuillères à refondre ou pots à renfiler ;
Voici le chaudronnier, vous n'avez qu'à parler.

Comme du bel argent, tout mon fer-blanc scintille ;
Je suis près de l'église, établi sous la tille,
Vous savez, où, sitôt qu'au beau temps cela plaît,
Je plante ma bicorne, et braque mon soufflet.

Mon âne est aussi là, pauvre chétive bête,
Dans un vieux sac à foin, cachant sa vieille tête,
Sans y trouver toujours, tant le métier va mal,
De quoi s'alimenter, l'innocent animal !

Pas d'argent ! dites-vous. Je vous offre ma bourse !
Auprès de moi l'on a toujours de la ressource.
Seulement, pour ne pas que je vous quitte en vain,
Donnez-moi, je vous prie, un petit coup de vin.

— Place ! petits enfants, sotte marmaille, place !
N'entendez-vous donc pas la cloche de la classe ?
Dans vos *heures*, allez lire votre latin,
Je suis bien assez fort pour fondre mon étain.

Ces marmots ont vraiment des façons singulières !
Vont-ils donc m'empêcher de fondre mes cuillères,
Et faut-il leur flanquer mon pochon par le nez,
Pour leur apprendre à faire ainsi les étonnés ?

Vingt ménages pourvus de tous leurs accessoires,
Des soufflets, des tuyaux de poêle, des passoires,
De grands bassins de cuivre, au fond desquels, l'été,
L'eau se boit avec tant de sensualité.

Des lampes, des couloirs à lait pour les laitières,
Des huiliers, des chaudrons rouges, des cafetières,
Dont les ventres au feu sont devenus tout noirs ;
Des robinets de tous prix et des entonnoirs,

Au retour du printemps, tel est, vaille que vaille,
Le cadre dans lequel le chaudronnier travaille,
Et le tilleul fleuri saupoudre obligeamment
De ses fleurs, le rude homme et son encadrement.

Et tout sourit au loin dans l'immense nature...
Les filles vont à l'eau, les bœufs à la pâture,
Surviennent à grand bruit les chevaux d'un meunier,
Et chacun dit bonjour au malin chaudronnier.

Et lui, sur son coffret, campé comme un St-George,
Du printemps à l'automne, il souffle, taille et forge,
Simplement pour avoir un boursicot plus lourd,
A reporter l'hiver au pays de St-Flour.

XII. Le Cochon.

Tiens, mange, gros goulu ; tiens, mange, insatiable ;
Peut-être oublîras-tu de crier comme un diable,
Quand ta gueule sera garnie, et Dieu merci !
Dans un mois nous pourrons, nous, te manger aussi.

Car n'imagine point que ce soit pour ta laine
Qu'ainsi trois fois le jour on te sert auge pleine,
Et que longtemps gratis tu feras ce métier
De fainéant, de coq en pâte, de rentier.

Tu ne sais pas, vraiment, quelle épargne première
Il me fallut, à moi, pauvre maigre fermière,
Pour aller te payer, en beaux écus glissants
Tout petit, sur la foire aux maquignons bressans.

Vous étiez là des tas, parqués dans quelques planches ;
Dès l'abord je pris goût pour tes épaules blanches
Et pour ton ventre creux, par où, quoique petit,
Je vis que tu serais d'assez bon appétit.

Sans faire attention à tes cris de détresse,
Je te mis à la patte un fort lien de tresse
Et marche... Te voilà, des pieds et des genoux,
Comme un vrai chien d'aveugle, en route pour chez nous.

Ici, chacun pour toi d'éloges fut prodigue ;
Mes deux derniers marmots, en voyant ta fatigue,
S'émurent même, au point qu'ils voulaient bravement
Faire écuelle commune avec toi constamment.

Le fait est qu'il n'est pas rare qu'on les surprenne
Les deux, sur ta pâtée, à lever leur étrenne ;
Ce qui, bien calculé, n'empêche pourtant point
Que vous n'ayiez tous trois bien assez d'embonpoint.

Après tout, plus d'un pauvre envirait ta pitance.
Ici, chacun te traite en oiseau d'importance ;
A midi, c'est toujours toi qu'on sert le premier ;
De la ferme on pourrait te croire le fermier.

Pour dormir, n'as-tu pas des flots de paille tendre
Où tu peux à plaisir béatement t'étendre,
Tandis qu'avec nos bœufs, nos gens et nos chevaux,
Nous suons tout l'été, nous, par monts et par vaux.

Et quand on rafraîchit tes draps de la huitaine,
Tous les samedis soir, Dieu sait, vers la fontaine,
Si j'use sur ton dos des torchons dans ma main,
Pour que tu sois aussi tout beau le lendemain.

Sur ton derrière alors, si peu que tu t'asseoies,
L'eau, d'une perle ornant chacune de tes soies,
Ne trônes-tu pas, dis, en de pareils moments,
Comme un roi tout couvert d'or et de diamants?

Mais, à force de glands, d'avoine et de laitage,
Te voilà gras à fendre à l'ongle ; un triple étage

De plis cercle déjà chacun de tes jambons,
Et prouve qu'à saler ils seraient déjà bons.

    Vienne la Chandeleur, ou bien la mi-carême,
Et pour notre boudin, j'apprêterai ma crême ;
Et nous te coucherons sur le fatal cuveau,
Où nos gens, par les pieds, te tiendront comme un veau.

    C'est moi qui recevrai, dans une seille blanche,
Ton sang, après avoir bien retroussé ma manche ;
Et plus sous le couteau ta gueule hurlera,
Et meilleur, c'est connu, notre boudin sera.

    Le boudin ! Ah ! c'est là que mon adresse brille,
Pour gonfler ce boyau, qui fond quand on le grille,
Et mettre juste à point, dedans, tout ce qu'il faut,
Pour que les plus gourmands le trouvent sans défaut.

    Sitôt qu'auront fini tes hurlements féroces,
Afin d'avoir du poil pour en faire des brosses,
Dans de l'eau bien bouillante, on te mettra tout rond ;
Et, quand tu seras cuit, nos gens t'épileront.

    Puis, pour mieux te prouver combien on t'apprécie,
Nos enfants se battront pour avoir ta vessie ;
Sauf à la mériter, dès qu'on le leur dira,
En t'embrassant, ma foi !... partout où l'on voudra !

    J'ai, depuis l'an dernier, un reste de potasse
Et du fenouil aussi dans une vieille tasse,
Du santal, des haut-goûts, tout ce qu'il faut enfin
Pour obtenir un lard du fumet le plus fin.

    Sans compter l'odorant genévrier sauvage,
Dont nos gens auront fait depuis longtemps ravage,
Sûrs et certains que rien ne peut équivaloir
Pour fumer la dépouille au sortir du saloir.

    Un grand morceau de lard, bien ferme et bien rougeâtre,
D'andouilles encadré, comme un saint près de l'âtre,
Il n'est pas de tableaux, d'or fin tout reluisants
Qui nous allèchent plus, nous autres paysans.

    Du lard avec des choux bien cuits à l'étouffée,
C'est le plat dont je suis, pour moi, le plus coiffée ;
Sans compter les parents, lès amis qui viendront
Au gala du boudin, et qui nous le rendront.

    Mais je dis là, vraiment, des choses, des folies !
Courons laver un peu mes mains toutes salies,
Et mettre le couvert, car voici nos garçons
Qui, de leur soupe, ont plus besoin que de chansons.

XIII. La Fournée.

Par la gueule du four, la flamme courroucée
Sort, comme sortirait la langue retroussée
D'un léopard léchant, après quelque festin,
Le sang noirâtre dont son nez est encor teint,

Au crochet enfumé pend, pleine d'eau bouillante,
La marmite qu'entoure une flamme brillante ;
Pince, pelle, pochon, écumoire et soufflet,
Sur leur tringle de fer sont là bien au complet.

Le dressoir, dont souvent on lave chaque planche,
Se redresse tout fier de sa vaisselle blanche,
Alignant sur trois rangs, aux voyantes couleurs,
Ses assiettes à coq et ses grands plats à fleurs.

Un peu plus bas, ce sont les soupières ventrues,
Puis les deux seilles d'eau reluisantes et drues,
D'où s'échappe la queue ardente du bassin,
Qui semble dire aux gens : — Buvez donc, c'est très-sain !

Tout en bas, aussi noire et morne qu'un ermite,
Sur ses trois pieds trapus, c'est la grosse marmite
Qui de son flegme affreux n'aime à se relâcher
Que quand la grosse cloche est en danse au clocher.

Plus loin, un plat à barbe et deux chapeaux de paille
Avec un arrosoir pendent à la muraille ;
La salière en bois dur est de l'autre côté,
Ainsi qu'un vieux balai dans un angle resté.

L'horloge, dans sa caisse, au balancier fidèle,
Semble suivre des yeux ce qu'on fait autour d'elle,
Sans toutefois mot dire, à moins qu'à sa façon,
Elle ne chante l'heure aux gens de la maison.

Le maïs, au plafond, range ses grappes jaunes,
Sur de grands échalas, longs de deux ou trois aunes,
Où l'on voit pendre aussi, rouges et rondelets,
Des oignons reluisants tressés en chapelets.

Le chat, de son côté, blotti sur la fenêtre,
Suit d'un œil en-dessous, qui semble s'y connaître,
Ces braves moucherons criards, tout étonnés
De sentir aux carreaux s'endommager leur nez.

Cependant, au milieu de tout cela, Brigite,
Les bras bien retroussés, dans le pétrin s'agite,
Tantôt coupant des mains la pâte avec effort,
Et tantôt la cognant de plus fort en plus fort.

Or, malgré la sueur dont sa face est baignée,
Brigite augure bien, je crois, de sa fournée :
Car la pâte a très-soif, comme cela se doit,
Et se gonfle en ballons qu'elle crève du doigt.

Tout-à-coup les enfants reviennent de l'école
Avec des cris de joie étourdissante et folle ;
Car, déjà dans l'écuelle, on voit sur les plateaux
Le beurre et les œufs frais destinés aux gâteaux.

En vain la mère prend sa grosse voix chagrine ;
Ils sont bientôt couverts de pâte et de farine...
Heureux si même, hélas ! ils ne sont pas en train
De sauter, pour mieux voir, les trois dans le pétrin.

Le four est chaud ; il faut en retirer la braise,
Et l'écouvillonner, pour qu'en cette fournaise

Les pains et les gâteaux, si mous en s'installant,
Ne s'assimilent pas quelque charbon brûlant.

Sur la pelle d'abord les bons gâteaux s'étendent,
Aux applaudissements de ceux qui les attendent,
Puis c'est le tour des pains, qu'on a soin de rouler
Dans les *gaudes*, afin qu'ils n'aillent pas coller.

Ces pains ont d'abord l'air d'autant de têtes chauves,
Mais bientôt la chaleur les fait devenir fauves,
Et parfois on dirait, de leurs flancs échauffés,
Qu'il s'échappe, en cuisant, des soupirs étouffés.

Mais les gâteaux sont cuits ; vite qu'on les retire !
Les enfants tout joyeux, que leur fumet attire,
Sont là, battant des mains, et du doigt choisissant
Le coin qui leur paraît le plus appétissant.

Et le soir, aussitôt qu'elle entre à la cuisine,
En entendant craquer le pain chaud, la voisine
En ébrèche une croute, et vous dit d'un air fin :
— Vous avez là de quoi ne pas mourir de faim !

XIV. Le Dimanche matin.

Le samedi, j'ai beau me faire la promesse,
D'être le lendemain prête à temps pour la messe ;
Je me dépêche, hélas ! tant que je le puis ; mais
Pas moyen, je le vois, d'y parvenir jamais.

Les vaches, les enfants, la soupe et la fruitière
Ont bien vite raflé la matinée entière ;
Je ne comprends, ma foi, pas bien à quel propos
On dit que le dimanche est un jour de repos.   .

Les vaches, oui, d'abord ; croit-on que le dimanche
Il ne faut pas aussi se retrousser la manche
Pour les traire, et porter le laitage au fruitier,
Qui n'a pas de répit non plus dans son métier.

Les enfants, ne faut-il pas aussi qu'on les peigne,
Et que de leurs souliers l'on graisse au moins l'empeigne,
Puis, qu'on leur mette au dos leur veste et leur gilet,
Sur quoi de leur chemise on rabat le collet.

Et la soupe ; comment pourrait-on, sur la table,
La trouver à midi fumante et délectable,
Si l'on n'y met à temps les choux de la saison,
Avec un bon morceau de bonne salaison ?

Et puis, quand c'est fini ; quand enfin je m'apprête
A mettre aussi moi-même un bout de collerette,
Crac ! voilà mon mari qui m'appelle d'un ton
Furieux... et me fait lui recoudre un bouton.

Ensuite, pour sa barbe, il veut de l'eau bouillante ;
Il y va d'une main si lourde et violente
Qu'il se coupe, et qu'il jure, et me refuse net
Le miroir, que j'attends pour mettre mon bonnet.

A l'église, j'arrive enfin bien essoufflée ;
Je longe à pas de loup toute la grande allée,
Pour atteindre ma place auprès du confalon,
Et dis un chapelet alors tout de son long,
    Les yeux sur le curé qui récite l'épitre...
Mais bientôt le plain-chant des hommes au pupitre,
Et les parfums si doux qu'exhale l'encensoir,
Font qu'à la fin je clos la paupière... et bonsoir !
    Cependant quand chacun se lève à l'évangile,
Je me redresse aussi d'un mouvement agile,
En me promettant bien cette fois d'écouter
Ce que le curé va bientôt nous débiter.
    Il s'emporte aujourd'hui contre l'ivrognerie ;
Là-dessus le curé n'entend pas raillerie ;
Le fait est que plus d'un moins endetté serait,
S'il n'allait pas aussi souvent au cabaret.
    Mais à cela, plus d'un répond :— Qu'on me procure
Une cave pareille à celle de la cure,
Et jamais je ne rentre à l'auberge !... raison
Comme un ivrogne en a constamment à foison.
    Ensuite, il fait la guerre aux femmes intraitables,
Qui, devant leurs maris si bons, si respectables,
Ne se soumettent pas, comme c'est leur devoir,
Sitôt qu'ils ont parlé... Je voudrais bien l'y voir !
    Puis enfin, il s'en prend à ces évaporées,
Qui jamais, par le haut, ne sont assez parées,
Tandis qu'à leurs talons de bas on voit des trous...
Oh ! pour cela, bravo ! j'approuve son courroux.
    Voilà la messe dite. Aux portes de l'église,
Pendant que la moitié du village devise,
Devant un bout d'affiche en papier jaune ou vert,
Moi, je rentre au galop pour mettre le couvert.

XV. La Foire.

La foire ! c'est le jour des cris et des vacarmes,
Le jour des charlatans, des bœufs et des gendarmes,
Le jour des pains d'épice et des petits couteaux,
Le jour des grands chapeaux de paille et des râteaux.
    Dès le matin, les bœufs, les chevaux et les vaches
Arrivent à grands coups de fouets ou de cravaches,
Puis les cochons replets à pas lents et lourdauds,
Puis les moutons marqués d'une croix sur le dos.
    Tous les marchands forains sont là depuis l'aurore,
Hurlant tous d'un gosier sec, vibrant et sonore,
L'énumération des merveilles sans fin,
Qu'ils étalent d'un air majestueux et fin.
    — Au bazar de Paris, venez, mesdemoiselles !
Regardez ces tricots, ces bas, ces filoselles,

Ces foulards à dix sous, tout cela n'est pas cher ;
Approchez, donnez-vous la peine d'approcher !
   —Le voir ne coûte rien! Venez donc, l'homme en blouse!
Voici les draps d'Elbeuf, les toiles de Mulhouse ;
Pour vos filles voici des châles fins et longs,
Et pour vous, regardez, quels jolis pantalons !
   — Que vous faut-il, à vous, pour vous rincer la gorge,
Est-ce du pain d'épice, est-ce du sucre d'orge,
Des anis, des pruneaux, ou bien du chocolat?
Approchez, choisissez à votre aise, en voilà !
   — Voici les bons ciseaux, les rasoirs, les lunettes,
Les bretelles, les gants de peau, les savonnettes,
Les bagues d'or massif, pas du tout frelaté,
Les plumes, les crayons, première qualité.
   Ici sont les sabots, là-bas la porcelaine,
Les cuveaux et les vans ; plus loin, la rue est pleine
D'oignons, de choux, de fruits, d'herbages, de poulets,
De fourches, de râteaux, de faulx et de balais.
   Un aveugle plus loin, dans sa blouse embourbée,
Chante le Juif errant, ou Pyrame et Thisbée,
Ou quelque assassinat, rimé, Dieu sait comment ,
Et dont pourtant chacun se munit lestement.
   Plus loin, un arracheur de dents qui se chamarre
Comme un prince, au milieu d'un affreux tintamarre,
Emporte la mâchoire aux pauvres braves gens
Qui viennent se risquer à ses soins obligeants.
   Un peu plus loin encor, c'est un marchand d'images,
Qui pend à de vieux clous la Vierge et les Rois-mages,
Pauvres rois du vieux temps, tout fiers de parader
Aujourd'hui, sur la foire, auprès d'Ab-el-Kader.
   Là, si calme, au milieu de la foule en détresse,
Sa longue perche en main, c'est le marchand de tresse,
Qui laisse aller au vent ses rubans à deux sous,
Sans s'émouvoir du bruit que l'on fait par-dessous.
   Tout à coup une vache aux naseaux frénétiques
S'élance furieuse à travers les boutiques,
Renverse un étalage, et laisse sans souci
Son maître et le marchand s'étrangler à merci.
   Une autre, sur la place immense et si remplie,
Contre le pan d'habit d'un beau monsieur s'oublie,
Sauf à subir pour prix de ses jolis cadeaux,
Une grêle de coups de bâtons sur le dos.
   Plus loin, c'est un cheval, un ruban sur la queue,
Qu'on fait trotter devant des gens en blouse bleue,
Et qui ne comprend pas qu'on lui serve à la fois
Tant d'éloges d'un jour et tant de coups de fouets.
   Pour dîner, cependant, il faut que l'on s'héberge ;
L'hôtel, qui n'en peut plus, regorge sur l'auberge,
Puis viennent, à grands bruits, dans les cafés-billards,
Trôner les maquignons, avinés et braillards.

Ainsi tout cela hurle, ainsi tout cela bêle,
Gens, bêtes, acheteurs et marchands pêle-mêle,
Tant qu'enfin, vers le soir, d'un pas plus ou moins droit,
Les jeunes et les vieux regagnent leur endroit ;
   Ceux-ci dans les vallons, et ceux-là dans les plaines.
Le parapluie au dos, et les deux poches pleines,
En chassant devant eux leur pouliche ou leur veau,
Ou bien en feuilletant leur almanach nouveau.

XVI. Le Fruitier.

   Je suis vrai Fribourgeois du pays de Gruyères,
Où les vaches, la nuit, dorment dans les bruyères.
Les paysans d'ici m'ont voulu pour fruitier,
Et je trouve, ma foi, que c'est un bon métier.
   Tout bien considéré, j'ai dans cette commune
Une position charmante et peu commune ;
D'autant qu'avec des bras dodus comme ceux-ci,
L'ouvrage ne me met nullement en souci.
   Autant de seaux de lait dans mon chaudron je brasse,
Autant de frais minois, tous les matins, j'embrasse,
Quand les filles, jurant toujours ne pas vouloir,
Viennent l'une après l'autre autour de mon couloir.
   Chez nous les filles font de bien autres femelles,
Des femmes de six pieds, aux robustes mamelles,
Et des mollets plus durs que jamais ne le fut
Un canon de Fribourg couché sur son affût.
   Cela, c'est assez vrai ; mais bah ! tout se compense :
Chez nous, les fruitiers n'ont pour se garnir la panse
Que du lait fade et blanc au fond de leur chalet ;
Le vin rouge d'ici davantage me plaît.
   — Allons, la belle enfant, donnez donc, votre *taille*,
Que je marque dessus, par une croix de taille,
Comme quoi vous aurez le fromage demain.
Et les amours sont-ils toujours en bon chemin ?
   A quand la noce ? A-t-on déjà fait les emplettes ?
Vos douzaines de tout doivent être complètes,
Car votre père dit souvent en souriant
Que vous aurez de tout douze en vous mariant.
   Après tout, il en a bien le droit, ma mignonne !
— Et vous, vieille Gothon, dont le museau trognonne,
Ne pourra-t-on donc pas vous faire décrotter
Quelque peu votre seille avant de l'apporter ?
   Quand votre crasse aura fait brécher mon fromage,
Sur qui retombera, s'il vous plaît, le dommage ?
Sur le fruitier ?... La vieille, au large ! et dépêchons !
Allez voir si chez vous il reste des torchons !
   — Ah ! vous voici, Jean-Claude, heureux célibataire,
Vos vaches ont un ventre à balayer la terre ;

Nous marquons aujourd'hui trois pintes, un chauveau,
Mais dans peu vous aurez chaque semaine un veau.
    —Dans trois jours, c'est pour vous qu'on travaille, Claudine;
N'oubliez pas qu'aussi c'est chez vous que l'on dîne,
Et de votre salé mettez cuire un quartier.
Que diable! on peut bien faire honneur à son fruitier.
    Puis viendra la St-Jean ; pour ce jour-là, ma chère,
Plus vestige de crême à mettre à la beurrière ;
Le fromage est alors gratis pour le curé,
Chez qui le bon fromage est toujours adoré.
    Voici mon bâton blanc, ma toile et ma présure ;
Tenez, vous allez voir si j'ai la coupe sûre,
Et s'il me faut, à moi, bien des coups de filet,
Pour pêcher mon fromage au fond de votre lait.
    Un ! et deux !... Mais avant la fin de la journée,
J'ai de ma chambre encor à faire la tournée
Pour saler chaque pièce en me bien dépêchant,
Et cela, jusqu'au jour où viendra le marchand.
    Ce jour-là, les écus pleuvent sur la balance
Que les intéressés regardent en silence.
Le fromage en tonneaux se met à voyager,
Après quoi chacun songe à me bien goberger.
    Je suis vrai Fribourgeois du pays de Gruyères,
Où les vaches, la nuit, dorment dans les bruyères.
Les paysans d'ici m'ont voulu pour fruitier,
Et je trouve, ma foi, que c'est un bon métier.

XVII. Flux et Reflux.

    Quand je vins en exil, voilà quatre ans passés,
Les arbres du chemin, tout neigeux et glacés,
      Semblaient me faire la grimace ;
On eût dit qu'ils étaient furieux de me voir,
Et, gendarmes aussi, qu'ils allaient se mouvoir
      Pour m'arrêter, en me cernant en masse.
    Aujourd'hui je m'en vais, et, le long des chemins,
Tous les arbres ont l'air de se frotter les mains,
      Dans leur toilette éblouissante.
Est-ce, de mon départ, pour se féliciter ;
Est-ce qu'à revenir ils voudraient m'inviter?
      La question est fort embarrassante.
    Quelque fût le passé, quelque fût l'avenir,
Parmi les bonnes gens dont j'aimais à bénir
      Les bienveillances si courtoises,
Le cœur tranquille et gai, ces vers en sont témoins,
Par delà monts et vaux, je n'en tissais pas moins,
      Tant mal que bien, mes rimes franc-comtoises.

XVIII. La première Couche.

Mon cher, le voilà fait. C'est un garçon superbe,
Un vrai tambour-major, un grenadier en herbe ;
Un avale-tout-cru, qui ne fait que têter,
Et brailler aussitôt qu'on prétend l'arrêter.

Oui, mon cher, de la tête aux pieds, me voilà père.
Du même nom, voilà que nous faisons la paire ;
Me voilà dédoublé, comprends-tu?... de façon
Qu'on dira maintenant : — Le père et le garçon.

Aussi faudrait-il voir la fierté maternelle
De ma petite femme, et comme sa prunelle
Resplendit de bonheur, en couvant sur son sein,
Ce petit dévorant, ce petit marcassin.

Il eût surtout fallu la voir, si courageuse,
Dans cette crise qui pouvait être orageuse,
Tandis qu'entre la vie et la mort suspendu,
Je trépignais autour d'elle comme un perdu.

Ah! ris-en si tu veux, seigneur célibataire !
Ce n'est pas avec toi que j'en ferai mystère,
Mais, quand on est mari, l'on peut, sans compliments,
Se proclamer stupide en de pareils moments.

Je nargue, tu le vois, ton sourire et ton blâme.
Avec l'aide du ciel... et de la sage-femme,
J'en suis quitte, et je puis, en toute liberté,
Me draper maintenant dans ma paternité.

Cette sage-femme est une aimable personne.
C'est vraiment surprenant, combien peu l'on soupçonne,
Tant que de leur secours vous n'avez pas besoin,
Tout ce que ces gens-là vous donnent de bon soin.

Et ma femme ! Une fois la bourrasque passée,
Pâle, et dans ses coussins de dentelle, affaissée,
Moi, couvant du regard son regard abattu,
L'entends-tu soupirer doucement : — M'aimes-tu ?

M'aimes-tu ? Ces deux mots, dans leur grâce câline,
Ne peignent-ils pas bien une âme féminine,
Toujours prête à toujours si bien se torturer,
Qu'on ne sait vraiment trop s'il faut rire ou pleurer.

M'aimes-tu ? N'est-ce pas l'argument sans réplique ?
Aussi, pour m'en tirer, pris-je la voie oblique,
En personalisant, sur le ton le plus doux,
Le mot fameux : — Soldats, je suis content de vous !

Mon cher, n'as-tu jamais assisté d'aventure
A la mort de quelque humble et pauvre créature,
Que le monde accablait de haine ou de mépris ;
Et, dans ce moment-là, ne t'es-tu pas surpris

Le cœur tout débordant de suprême indulgence
Pour cet abandonné, pour cette pauvre engeance ;

Tellement le mépris, la haine ou le remord
Baissent tous pavillon en face de la mort.

Eh bien, qu'un enfant naisse ou qu'un pauvre homme meure,
L'effet absolument identique demeure.
La naissance et la mort se tiennent par la main,
Et sont comme les deux pôles du genre humain.

Paix aux vieillards sur qui la camarde s'allonge,
Car, sur tous nos travers elle passe l'éponge,
Et paix aux nourrissons, d'espoir tout palpitants,
Pour qui vient de s'ouvrir la vie à deux battants.

Devant un premier-né, tout est de bon augure.
Sa mère, en lui donnant le jour, se transfigure,
Résolue à n'avoir d'éclat dorénavant,
Que celui de ce cher et doux soleil levant.

M'aimes-tu ? C'est chez elle, à ce moment d'extase,
Comme un trop-plein d'amour qui déborde du vase ;
Comme un fiévreux appel, qu'on ne peut retenir,
Dès qu'on tâche, entre époux, de sonder l'avenir.

S'aimer, et pour toujours être sûr que l'on s'aime,
C'est avoir résolu la moitié du problème ;
Car rien ne coûte alors, et l'on se sent au cœur
La force de traiter l'avenir en vainqueur.

Cet enfant n'est encor qu'un souffle, qu'un atôme,
Et pourtant... s'il allait devenir un grand homme !
Bah ! qu'importe, pourvu qu'il fasse son chemin,
Le front haut, sans reproche, et le cœur sur la main.

De lui-même toujours, surveillant intraitable,
Pour être respecté, qui reste respectable,
Tirant tout son bonheur du devoir bien rempli,
Sans penser à la gloire et sans craindre l'oubli.

A nous de lui prêcher tout cela par l'exemple.
La tâche, tu le vois, devient bien assez ample,
Aussi, pour que l'affaire aille d'un meilleur train,
Mets l'habit noir, et viens nous servir de parrain.

Pas de grimace, allons; la marraine est jolie
Et gentille à te faire abjurer ta folie,
Devant l'amour, devant l'hymen et la raison...
Comprenez-vous cela, monsieur le vieux garçon ?

XIX. La Soupe au fromage.

Quand un romain était las
 de Falerne antique,
On dit qu'il prenait, hélas !
 Deux grains d'émétique.
Cette brave antiquité
N'avait donc pas inventé
 La soupe au fromage,
  Au gué !
La soupe au fromage !

La marmite est sur le feu ;
  Mettez-y du beurre.
Ne craignez que le trop peu,
  Et sitôt qu'il pleure,
La farine et les oignons,
Et de notre mieux soignons
  La soupe au fromage.

Les oignons bien fricassés,
  Versez l'eau bouillante,
Et faire à son gré laissez
  La flamme brillante.
Un peu de sel, mais pas trop,
Et voilà partie au trot
  La soupe au fromage.

Du pain les plus beaux croûtons
  Vite à la soupière,
Et, par couches, ajoutons
  Notre vieux Gruyère.
Pour le coup, versez-moi là
Votre marmite, et voilà
  La soupe au fromage.

Quels superbes filets blancs
  La soupière grise
Fait rayonner de ses flancs,
  Sitôt qu'on y puise !
Quel ineffable fumet
Lance, à notre nez gourmet,
  La soupe au fromage.

Ah ! voyons ; laissons un peu
  Souffler notre panse...
Buvons le coup du milieu ,
  Selon l'ordonnance...
A quoi bon se dépêcher ?
Il faut d'abord ensacher
  La soupe au fromage.

Dieu ! comme cela descend !
  Qu'en dis-tu, compère ?
Second service, à présent ;
  Les deux font la paire.
Je sens ma soif revenir,
Mais il faut d'abord finir
  La soupe au fromage.

Maintenant, le verre en main !
  Certes, on peut bien boire,
Sans crainte du lendemain,
  Quand, de tout déboire,
On est sûr d'être vainqueur,
En s'appliquant sur le cœur
  La soupe au fromage.

XX. La Sortie de la messe.

Voilà que c'est fini. La grande porte s'ouvre.
L'orgue, de ses clameurs foudroyantes, recouvre
Les sourds piétinements des dévôts, si pressés
De sortir, qu'ils ont l'air d'en avoir bien assez.
   Autour du bénitier trépigne la paroisse.
Pour y tremper son doigt, on se cogne, on se froisse,
Les dames en montrant leurs jolis gants de peau ;
Les messieurs en garant de leur mieux leur chapeau.
   Laissons passer d'abord ces deux ou trois grand'mères
Au milieu du torrent des écoles primaires
Qui les fait ondoyer en arrière, en avant,
Comme des plumes dont s'amuserait le vent.
   Nous voici maintenant aux toilettes splendides.
Regardez donc les airs ingénus et candides
De ces jeunes tendrons au corsage replet,.
Qui semblent dire aux gens : — Des galants, s'il vous plaît !
   Et cette autre, là-bas, grande comme une perche,
Avec ce petit bout de mari, qu'elle cherche,
Aussitôt qu'à sa jupe il n'est plus accroché,
Tant elle a toujours peur qu'on ne l'ait empoché.
   Quant à ce chapeau bleu, c'est la blonde Pauline,
Qui n'a pas oublié non plus sa crinoline ;
Ingénieux moyen de montrer ses mollets,
Et les siens, prétend-on, ne sont pas du tout laids.
   Voici le pauvre Arthur, orné de son épouse,
A-t-il un air capot ! On dit qu'elle est jalouse
Comme quarante-six tigresses. Mais, vraiment,
Sa taille prend beaucoup de développement...
   Elle n'a désormais plus peur qu'on en médise
Au fait, le pavillon couvre la marchandise.
Le pauvre homme a rasé sa barbe et son collier.
Gageons qu'avant un an, il sera marguillier.
   Et cette jeune veuve... est-elle assez voilée?
La belle inconsolable est pourtant consolée,
A ce que l'on assure, et quelques hazardeux
Nomment même déjà l'époux numéro deux.
   Voilà le maire avec madame la mairesse
Et tous leurs mairillons. Peste, s'il se redresse !
Au métier trouva-t-on jamais tant de douceur !
On naît maire, je crois, comme on naît rôtisseur.
   Celui-ci, c'est Hector, l'homme aux fines toilettes,
Avec ses favoris taillés en côtelettes
Et sa moustache noiré, aux longs accroche-cœurs ;
S'en donne-t-il des airs séduisants et vainqueurs !
   On dit que le gaillard, se voyant en débine,
Convoite une charmante et riche chérubine.

A la messe, il ne vient si théâtralement,
Qu'afin de s'assurer d'abord de la maman.
    Oh ! là-bas ! quelle trogne ! et quel beau rat d'église !
Comme il est rasé frais, et comme sa chemise
Va lui guillotiner l'oreille d'un bon train...
Gageons que celui-là fait chorus au lutrin.
    C'est égal, tous ces gens dans leurs habits de fête,
Ont aujourd'hui la mine heureuse et satisfaite...
Est-ce conviction que, si bien requinqués,
Indubitablement ils seront remarqués ?
    Ou bien est-ce déjà le fumet délectable
Du dîner qui chez eux les attend sur la table ?
Pour trancher ce grand point, je m'avoue en défaut ;
Mais puisque chacun rit, c'est tout ce qu'il me faut.

XXI. La Lessive.

    Vous demandez pourquoi je suis ainsi pensive.
Mon Dieu, c'est que demain nous faisons la lessive,
Et ce n'est pas petite affaire, en vérité,
Quand le linge, surtout, n'est pas même compté.
    Que voulez-vous ? Chacun n'est pas de ces marquises
Qui n'ont à s'occuper que de choses exquises.
Nous ne sommes, chez nous, que de simples mortels,
Et nous nous résignons à vivre comme tels.
    Quel attirail il faut pour une buandière !
La soude, le savon, la cuve, la chaudière,
La cendre, l'indigo, l'iris, les bâtonnets...
Voyez si j'en oublie, et si je m'y connais.
    Dans le fond de la cuve, en grille l'on dispose
D'abord les bâtonnets, sur lesquels tout repose,
Puis on étend dessus, aussi bien que l'on peut,
Les draps de lit, d'abord savonnés quelque peu.
    Après les draps de lit, arrivent les chemises,
Tant d'homme que de femme, et quand elles sont mises,
Vient le linge de table, après quoi nous mettons
Les rideaux, les menus, dentelles et cotons,
    Jupons, bas, mantelets et mouchoirs de batiste...
Jamais on n'en finit de cette longue liste,
Puis, pour couper l'ardeur trop vive du lessus,
Le linge de cuisine arrive par-dessus.
    On commence à baigner tout ce linge d'eau tiède,
Puis, dans un grand linceuil de grosse toile roide,
Vous ajoutez la cendre, en bien l'éparpillant,
Et l'on n'a plus dès lors qu'à verser tout bouillant.
    Pendant que cela coule, en moussant comme bière,
On récure au lessus lèchefrite et daubière,
Les cuivres, les étaims, le fer-blanc, le dressoir,
Si bien que tout reluit quand arrive le soir.

Sitôt que le lessus fait mine de descendre
Un peu plus savonneux, on enlève la cendre,
Puis on couvre la cuve, afin d'être certain
Que tout s'y maintiendra bien chaud jusqu'au matin.

A la pointe du jour les laveuses arrivent.
De leur doigt d'eau-de-vie aucunes ne se privent ;
Aussi, malheur à qui ne leur sert tout d'abord
Leur verre à demi plein, si ce n'est jusqu'au bord.

L'eau-de-vie avalée, on est plus expansive,
Ce qui fait qu'en lavant à peu près la lessive,
On savonne bientôt, du bec et de la main,
Tous les pauvres péchés du pauvre genre humain.

Dans le fait, où trouver la chronique certaine
Des cancans frais éclos, sinon à la fontaine ?
Avec une fontaine, avec un four banal,
On peut se dispenser de lire le journal.

Qu'au milieu des caquets une vieille routière
De sa poche à demi tire sa tabatière,
Et chacun crie alors : — Passe-la donc ici !
—Eh! pchie! — Oh! c'est du bon! — A vos souhaits! merci!

Voilà le linge au bleu ; vite qu'on le repêche.
Assez prisé, là-bas ! Qu'est-ce qui vous empêche
De le tordre à présent! Remuons-nous, allons !
Les jours ne sont déjà maintenant pas si longs.

Plions tous ces menus d'abord sur cette planche.
Quelle bonne lessive! elle est surtout bien blanche,
Et cet iris lui donne, outre la propreté,
Je ne sais quel parfum de joie et de santé.

Les perches du grenier sont propres, j'imagine.
Tenez, montez d'abord ces torchons de cuisine.
Sitôt que tout sera proprement étendu,
Mesdames, vous aurez tout ce qui vous est dû.

Deux ou trois jours après, on se met à dépendre,
Il faut appareiller les draps et les étendre,
En tirant tant qu'on peut en long, puis en travers,
Ce qui vous met bientôt les ongles à l'envers.

Quand chaque serviette a retrouvé sa douzaine,
La lingère à son tour apparaît sur la scène
Avec ses ressarcis... sage précaution,
Contre tout linge un peu sujet à caution.

C'est elle qui recout les boutons des chemises,
Pour qu'ils ne sautent pas quand on les aura mises ;
Car, rien ne vexe autant les hommes, prétend-on,
Qu'un collet de chemise à leur cou sans bouton.

Sitôt que la lingère a fini sa couture
La repasseuse vient pour faire la clôture,
Avec ses gros paquets de pinces à rûcher,
Et l'empois qui dans l'eau fond au simple toucher.

Dès que ni le réchaud ni la table ne boîte
Tout se lustre en fumant sous le gros fer à boîte,

3

Les beaux gilets, les beaux pantalons de nankin,
Avec lesquels bientôt l'on fera le faquin.

Sans compter les bonnets, les guimpes, les dentelles,
Tout ce qu'un homme enfin traite de bagatelles,
Et qu'il serait le plus ardent à réclamer,
Si sa femme semblait vouloir les supprimer.

Comprenez-vous pourquoi les pauvres mènagères
Le jour de la lessive, ont des airs de mégères
Et tiennent tant alors, à se débarrasser
De tous ceux qui pourraient en rien les tracasser?

Pour que les draps de lit, les serviettes de moire
Les nappes et le reste, arrivent dans l'armoire...
Enfin, pour n'être pas mal propre... que de maux !
C'est à faire envier le poil des animaux.

XXII. L'Enterrement.

Le père et les enfants pleurent à la cuisine.
—A quel propos?—Passez dans la chambre voisine
Et, ce que vous verrez bientôt vous l'apprendra.
Sur deux chaises de bois que recouvre un grand drap,

Un grand drap mortuaire avec des larmes blanches,
La pauvre mère est là, clouée en quelques planches.
Quatre cierges autour brûlent maussadement,
Et la cloche se met à sonner brusquement.

Etrangers aux douleurs de ce jour lamentable,
Les bestiaux en paix déjeûnent dans l'étable,
Le cochon, dans son auge, en vorace ingénu,
Barbotte comme si rien n'était survenu.

Dans le jardin, les fleurs, les choux et les arbustes
Se carrent au soleil, tranquilles et robustes.
Les abeilles, dans l'air, quoiqu'il soit grand matin,
Tourbillonnent déjà couvertes de butin.

Les poules, coq en tête, et la queue en bannière,
Piaillent en picottant le long de quelque ornière ;
Les pinsons dans des trous de pommiers vermoulus,
Apportent la becquée à leurs petits goulus.

La cloche, cependant, comme une écervelée,
Lance toujours son glas à travers la vallée ;
Mais, avant de partir, les voisins, quoiqu'en deuil ;
A leurs bêtes encor vont donner un coup-d'œil.

Voici venir pourtant le monde dans la plaine,
La maison tout à l'heure, en sera toute pleine.
Le curé, le régent et les enfants de chœur,
Entrent en récitant leurs antiennes par cœur.

On relève les coins du drap noir qui recouvre
La défunte ; après quoi, l'assistance s'entrouvre
La grande croix d'argent s'incline pour sortir ;
Et les gens deux à deux, s'apprêtent à partir.

—Pauvre femme ! dit l'un ; la semaine passée,
Elle venait encor chez nous toute empressée;
Et maintenant, fini!—C'est vrai, mais que fera
Son homme à présent?—Psit ! il se remariera.

—C'est probable. Eh ! vois donc quelle superbe avoine
Il a là dans son champ, le père Pierre-Antoine?
—Et ce blé de Jean-Claude ! Et cette orge à Clément !
S'il fait chaud, tout cela va grainer joliment.

—Pauvre femme ! elle était trop faible de poitrine !
C'est ce qui la rendait par moment si chagrine.
—C'est probable En effet, qui n'a pas la santé,
Ne saurait être gai.—C'est bien la vérité !

—A propos ! n'a-t-il pas vendu sa grosse vache
Au boucher, Pierre-Antoine?—Eh ! non ; pas que je sache.
—C'est une fière bête. Ah ! ça, sais-tu combien
Il en veut?—Vingt louis.—Bah !—Mais elle les vaut bien.

Pour tant de gens l'église aujourd'hui semble étroite.
Les femmes vont à gauche et les hommes à droite,
Puis, le moment d'après, voilà la messe en train,
Et tous les gros bonnets qui braillent au lutrin.

A l'offrande, chacun va baiser la relique,
En mettant dans le plat son sou mélancolique;
Puis, Monsieur le curé d'un air digne et fervent,
Fait le tour du cercueil l'encensoir en avant.

La fosse, à quelques pas, attend au cimetière ;
On y descend la morte et l'assistance entière
L'asperge d'eau bénite avant de s'en aller...
Puis, la fosse, à bruit sourd, commence à se combler.

Et chacun au galop retourne à sa routine;
Chacun va retrouver sa veste de ratine
Et remettre au buffet son bel habit de drap
Sans penser qu'à la fin, son tour aussi viendra.

XXIII. Le Gilet blanc.

—Babet, il faut venir chez nous dans la huitaine ;
Notre garçon, la chose est à présent certaine,
Pour la première fois communiera bientôt ;
Vous comprenez qu'il faut l'habiller au plus tôt.

J'ai décousu l'habit de noce du grand-père,
Un drap bien conservé ; c'est pour l'habit ; j'espère,
Dans un de mes jupons qui n'est pas du tout laid,
Trouver aussi de quoi lui faire son gilet...

La couturière vint et prenait la mesure
Du garçon. La grand'mère, afin d'être plus sûre
Que tout se faisait bien comme elle l'entendait,
Les lunettes au nez, des deux yeux regardait.

—Mais dites-donc, Babet, ayez la complaisance
De penser que ce drôle est en pleine croissance.

De peur que ce gilet ne soit trop court demain,
Si l'on coupait plus bas, là d'une demi-main?
   Qu'en dites-vous?—Mais oui, je trouve votre idée
Tès-bien...—Vraiment!... alors m'y voilà décidée,
Puisque la demi-main si fortement vous plaît;
Je crois qu'on ferait bien de la mettre au complet.
   Voyons, resteras-tu tranquille, vilain drôle!
Voyez comme il est fait! On dirait, ma parole,
Qu'il est en guerre avec tous les chats de l'endroit,
A voir ces coups de griffe... Allons, tiens-toi donc droit!
   Connaissant sa grand'mère, à pareille semonce,
L'enfant sautait d'un pied pour unique réponse,
Sachant bien que malgré ses grands airs irrités,
On n'en faisait pas moins ses quatre volontés.
   La Babet, se sentant de si près surveillée,
Cirait au mieux son fil, par immense aiguillée,
Puis, sur chaque couture, on passait le fer chaud,
Qu'ensuite on remettait toujours sur le réchaud.
   Le soir, quand de Babet la tâche fut complète,
Il fallut essayer au garçon sa toilette;
Le gilet se trouva pour lui si long, si long,
Qu'il eût vraiment semblé marcher dans un ballon.
   Un rempli copieux tira chacun de peine...
De tout cela, depuis, on se souvient à peine;
Depuis, il a perdu, ce garçon turbulent,
Sa grand'mère, hélas! oui, mais pas son gilet blanc.
   Dans ce gilet, voilà vingt ans qu'il coupe et taille.
Et pourtant, chaque fois il va mieux à sa taille;
Si jamais il prend femme, on peut être assuré
Qu'il en régalera le maire et le curé.
   Et chaque fois aussi qu'il se met à l'ouvrage,
En évoquant ce doux et bienfaisant mirage,
Un grand tableau de plus en sort ébouriffant;
Ainsi l'homme ne fait que traduire l'enfant.
   Et si vous ne saviez déjà, d'après nature,
A qui ce gilet blanc, chef-d'œuvre de couture,
Voilà vingt ans passés, jusqu'aux genoux tombait,
Je vous dirais que c'est à notre ami Courbet.

XXIV. La Tante aux vaches.

   C'est dimanche demain, il faut aller à l'herbe;
Le temps pourrait changer, quoiqu'il semble superbe.
Chaque fois que la lune arrive à ses quartiers,
Comme aujourd'hui, le temps change assez volontiers.
   Riez tout votre soul, vaniteuses bravaches,
Que m'importe! Eh bien oui, je suis la tante aux vaches,
Je ne mets pas ma gloire à de jolis bonnets,
Moi, comme tant de gens bavards que je connais.

Ma gloire, je la mets à tenir mon étable
Toujours aussi coquette et propre qu'une table,
Avec litière fraîche, afin que le bétail
N'en sorte pas hideux comme un épouvantail.

Ma gloire, je la mets à n'être pas trop gauche,
Quand il faut qu'au verger pour mes bêtes je fauche
Un paquet de bon trèfle, et, sans trop me flatter,
D'un coup de faux je crois assez bien m'acquitter.

Ma gloire, je la mets à me sentir certaine,
Qu'en rentrant du travail, ou bien de la fontaine,
Mes bêtes dans la crèche, ont toujours bien à point
Leur *lécher* où le sel surtout ne manque point.

Ma gloire, je la mets à rester la maîtresse
Du village, pour tordre en belle et forte tresse
Notre fumier là-bas, auquel, à tout moment,
J'entends les étrangers faire leur compliment.

Par le monde, voici déjà longtemps que j'erre ;
Tout enfant, l'on me mit au loin comme bergère,
Gagnant ainsi par an, à courir les halliers,
Dix écus, sans compter deux paires de souliers.

Avec mes bêtes donc, j'étais là confinée,
Par les champs, tout le long de la sainte journée,
Et près d'elles, la nuit, dans l'alcôve en sapin,
Je dormais en rongeant mon morceau de vieux pain.

Comment ne pas aimer, à la longue, des bêtes,
Près desquelles ainsi sans relâche vous êtes,
Et que les gens pour vous, si pauvre, n'ont d'ailleurs
Que des regards toujours menaçants et railleurs.

Aujourd'hui, bien qu'étant d'un âge assez notable,
Je n'en couche pas moins, comme alors, dans l'étable,
Au bruit que fait souvent, en tirant son licou,
Une vache qui rêve ou se gratte le cou.

L'hiver, pas n'est besoin non plus qu'on s'ingénie,
Pour avoir chaud, avec pareille compagnie ;
Car comment ressentir le froid, quand dix museaux
Sont là, soufflant le feu par leurs larges naseaux.

Que l'une soit malade, ou bien qu'une autre vêle,
Ce qui très-rarement, c'est vrai, se renouvelle,
C'est moi qui veille au grain ; je suis faite au métier,
Et l'on recourt à moi dans le village entier.

J'aime bien les grands bœufs aux cornes retroussées,
Quand ces bêtes, le soir, s'en viennent harassées,
Oui, j'éprouve un plaisir extrême à soulager
Leur front du joug, afin qu'elles puissent manger.

Mais quand je tiens le pis d'une bonne laitière,
Et que je pense ensuite à l'écurie entière,
Je ne puis m'empêcher de calculer aussi
Quel profit net et clair cela rapporte ici.

Ce sont d'abord les veaux, qu'au bout d'une semaine,
Le boucher sur son char, les pieds liés, emmène ;

Puis le lait, le fromage et le beau beurre frais,
Qui, du ménage, couvre à peu près tous les frais.
    Aux herbes du printemps, aux herbes de l'automne,
Comme c'est beau du beurre en livres qu'on festonne,
Et qu'on porte au marché dans un beau linge blanc...
Ouais ! tenez, l'eau m'en vient à la bouche en parlant !
    On a beau dire, allez ; lorsque son écurie
Lui manque, un paysan est bien en pénurie ;
A travailler ses champs, il a beau s'escrimer ·
On ne récolte rien quand on ne peut fumer.

XXV. Le Marchand de paniers.

    Les pieds nus, les cheveux au vent, la face blême,
Le voici, le marchand de paniers de Bohême.
Celle-ci, c'est ma femme, et je crois, Dieu merci,
Que ces douze marmots sont bien les miens aussi.
    C'est étonnant, sitôt qu'on n'a ni sou ni maille,
Comme sur vous, de suite, il pleut de la marmaille...
Tous les ans mon troupeau compte un nouveau venu,
Mais aussi n'avons-nous pas d'autre revenu.
    Dans les commencements, ma femme, à la mamelle,
En avait toujours un ; l'on en voit peu comme elle ;
Sans compter deux ou trois, emballés sur le dos,
Pendant que je portais, moi, les autres fardeaux.
    Mais enfin, quand je vis que plus rien ne l'arrête,
Je fis, un beau matin, l'achat d'une charrette,
Avec un chien galeux par les chemins volé,
Et notre train dès-lors est un peu mieux allé.
    Cette charrette, avec sa bâche hospitalière,
Devint donc le réduit de notre fourmilière,
Et quand la bête allait défaillir en chemin,
A rechange, on l'aidait d'un petit coup de main.
    Plus tard, le chien trop vieux fit place à cette rosse,
A qui les coups de fouet servent de coups de brosse.
Et qui, sans plus coûter, tirant un peu plus fort,
Traîne gens et paniers sans ombre de renfort.
    Notre état est commode en fait de fourniture,
Car, pour m'en assortir, j'ai toute la nature,
Tous ces vieux saules creux qui, le long des ruisseaux,
Croisent leur chevelure en si jolis berceaux.
    Quand la provision d'osiers est terminée,
Il faut nous voir alors, par une matinée
De printemps, les râcler sur nos maigres genoux,
Pendant que les oiseaux chantent autour de nous,
    Oui, des milliers d'oiseaux, folle et joyeuse engeance,
Qui semblent avec nous lutter de diligence,
A tresser leurs doux nids d'amour dans les buissons,
En voyant les paniers si frais que nous tressons.

Ces paniers, dans lesquels les vigneronnes brunes
S'en vont vendre au marché leurs pêches et leurs prunes,
Et les filles de ferme, au temps de la moisson,
Porter au champ la soupe aux gens de la maison.

La nuit, pour lit commun nous avons notre paille
Sous la bâche ; et le jour, pour nous mettre en ripaille,
Quelques pommes de terre ou semblables morceaux,
Dont pour nous un brave homme a privé ses pourceaux.

Et tout ça n'est pas cher à cuire, ma parole :
Au bout d'un échalas l'on pend la casserole,
Puis on laisse le feu flamber au gré du vent,
Au risque de tout voir dégringoler souvent.

Lorsque vient la saison des fruits et des vendanges,
C'est alors qu'on en fait des ripailles étranges,
En narguant toute loi contre les maraudeurs,
Au nez de la police et des gardes rôdeurs.

Quant à l'habillement, voici comme on procède :
Ma femme, à grands points, coud les drilles qu'on lui cède,
Et bâtit de la sorte un droguet d'arlequin
Qu'on rapièce toujours... Je ne suis pas faquin.

Avec cela, jamais vestige de chaussure ;
Et pour n'en pas user, c'est bien, je vous assure,
Le bon moyen ; d'ailleurs, à courir monts et vaux,
Les pieds deviennent durs comme ceux des chevaux.

Né dans quelque fossé de quelque grande route,
Y mourir n'est donc pas chose que je redoute ;
L'on meurt comme l'on vit ; moi, ma femme et les miens,
Nous mourrons, j'en suis sûr, en vrais Bohémiens.

Pourtant, quand je me dis en voyant une ferme :
— Quel paisible bonheur cette maison renferme,
Et ce bonheur, jamais tu ne peux l'espérer !...
De moi mille fureurs me semblent s'emparer.

Bah ! fumons une pipe, et vogue la galère !
A quoi sert, après tout, de se mettre en colère ?
Pour s'en tirer un jour, mes héritiers feront
Comme aura fait leur père, hélas ! ce qu'ils pourront !

XXVI. Le Vigneron.

Holà hé ! la voici, la joyeuse vendange !
Chacun a radoubé ses tonneaux en vidange ;
Les pampres des coteaux commencent à jaunir ;
Dépêchons-nous, enfants, car le froid va venir.

Tirer la langue, hélas ! tant que dure l'année,
Du pauvre vigneron, voilà la destinée,
Trop heureux quand encor les frimats assassins
Lui laissent en repos vendanger ses raisins.

Oui, ces petits raisins, oui, cette chère graine,
En l'honneur de laquelle il faut pourtant qu'il traîne

Une si lourde vie et de si lourds fardeaux,
La pioche à la main, la hote sur le dos.

    L'hiver, quand par les bois la neige s'amoncelle,
Malgré les forestiers dont redouble le zèle,
Au risque de l'amende et des cachots, hélas!
Il faut qu'il aille, lui, faire ses échalas...

    Et quand il est rentré chez lui, tout hors d'haleine,
N'ayant pour vêtement que son tricot de laine,
Près du fourneau de fonte où flambe le sarment,
Il faut qu'il les aiguise encore, et lestement.

    Car même alors, il tremble encor qu'on ne surprenne
Parmi les coudriers, quelques pousses de frêne ;
Aussi n'a-t-il vraiment ni trêve ni repos,
Que sa serpe, à ses pieds, n'ait jonché de copeaux

    Le vieux tronc d'aiguiseur qui devient son enclume ;
Pendant que la marmite à côté de lui fume,
Et semble ainsi vouloir se mettre à l'unisson
Des coups de serpe, avant d'entonner sa chanson.

    Rude corvée, encor de bien d'autres suivie ;
Il faut tirer les vins, puis faire l'eau-de-vie,
Et près de l'alambic ainsi passer en blanc,
Bien des nuits, l'œil toujours alerte et vigilant.

    Qu'alors fonde la neige, ou viennent les gelées,
Et l'on remonte à dos les terres dévalées,
Puis on creuse, à grands coups de bêche et de fossoir,
Les trous où les replants viendront bientôt s'asseoir.

    Pour la vigne alors, c'est la saison de la taille ;
Le sol se jonche au loin, comme un champ de bataille,
De bourgeons superflus, de vieux troncs impotents,
Qu'on emballe en fagots, car ils ont fait leur temps.

    Puis, le sarment de choix que la cisaille oublie,
Sur l'échalas tout neuf, en archets, se replie,
Avec un nœud d'osier jaune, sans compliment,
En lui laissant pleurer sa sève librement.

    Puis, avec le printemps, arrive la poussée ;
C'est le temps des labours pour la terre froissée,
Et dès le point du jour, jusqu'au soleil couchant,
Le vigneron tient coup, des deux mains piochant.

    Les bras nus, le gosier sec et les reins en nage,
Heureux quand, dans un coin, il peut, à l'hivernage,
Tortiller à midi la croûte qui l'attend,
Et s'endormir après, sous sa veste, un instant.

    Plus heureux quand alors, dans sa gourde coquette,
A défaut de vin pur, il a de la piquette,
Pour ce pauvre gosier dont va se trémoussant
La luette, aux glous glous du meuble bienfaisant.

    Mais bientôt la feuillée à tel point surabonde,
Que le soleil dessous cette nappe profonde
Ne peut plus retrouver, malgré tous ses efforts,
Ces raisins si petits qu'il voudrait rendre forts !

Au profit de la chèvre alors on les élague,
Ces rejets sous lesquels, sans vergogne, divague
L'herbe que l'on rebine, et bientôt les chaleurs
Font, de la vigne entière, un océan de fleurs.

Dès-lors, par-ci par-là, qu'il fasse un peu de pluie,
Pourvu qu'un beau soleil au même instant l'essuie ;
Pas de grêle en juillet, pas de glace en avril,
Qui vienne brusquement tout remettre en péril.

Et le vigneron peut, quand arrive l'automne,
Apprêter sa futaille et recercler sa tonne,
Car si Dieu continue à le bien protéger,
Peut-être qu'il aura peine à tout héberger.

Pour la récolte enfin viennent les *montagnonnes*,
Des avale-tout-cru, qui, des grappes mignonnes,
Pour le maître, n'ont l'air d'un peu se souvenir,
Que quand leur ventre, hélas ! n'en peut plus contenir.

Le maître cependant reste au bas de la vigne,
A battre ses raisins d'un air riant et digne ;
Tout fier quand aux doux fruits, de sucre saturés,
Il voit les guêpes mordre ainsi que les curés.

Car, à sa fille alors, il pourra d'aventure
Lâcher quelque bonnet à riche garniture,
Payer le percepteur, et, pour la Saint-Vernier,
Saigner un cochon moins maigre que l'an dernier.

Oh ! vous ne savez pas, vous autres gens du monde,
Quand le vin des bons crûs sur vos tables abonde,
Que dans cette bouteille au ventre lisse et rond,
Vous buvez les sueurs du pauvre vigneron.

Et que lui, bien souvent, soit dit sans vous déplaire,
Quand vous buvez du vin, ne boit que de l'eau claire ;
Heureux si la régie encore, à ce propos,
Ne trouve pas matière à deux ou trois impôts

XXVII. Souvenir.

Plus ne vous souvient-il, ô douce créature !
Des fraises qu'on allait cueillant à l'aventure ;
En chantant, parfois juste et parfois de travers,
Le long de nos grands bois aux grands ombrages verts ?

Plus ne vous souvient-il, au chapeau des faneuses,
Des rubans attachés par boucles floconneuses,
Et du faucheur qui vient, sur le palier, s'asseoir,
Pour battre, à coups égaux, sa faux blanche, le soir ?

Plus ne vous souvient-il des rondes dans la grange,
Où chacun posément sur deux lignes se range,
Pendant que les grands bœufs au poil luisant et roux,
S'étonnent dans l'étable, et guettent par les trous.

Plus ne vous souvient-il, dans les avoines mûres,
Pleines de nids d'oiseaux et de vagues murmures,

De ces bluets si frais, en touffe rassemblés,
Et des coquelicots tout rouges, dans les blés ?
   Plus ne vous souvient-il du bassin, sous la tille,
Où l'eau de la fontaine à gros bouillons pétille,
Pour descendre aussitôt, d'un bout, dans l'abreuvoir,
Et de l'autre, plus bas, dans l'auge du lavoir ?
   Plus ne vous souvient-il des luxes de ripaille
Que se lâchent, au nez des mannequins de paille,
Ces beaux chardonnerets d'écarlate coiffés,
Qui dévorent le chanvre en vauriens fieffés ?
   Plus ne vous souvient-il des voisins et voisines,
Qui s'assemblent autour du feu dans les cuisines,
Pour tiller, en jasant, au bruit si répété
Des chenevottes, qui volent de tout côté ?
   Plus ne vous souvient-il, quand arrive l'automne,
Du peigneur qui reprend son métier monotone,
Et tape sur son peigne, à coups secs et nerveux,
Comme des femmes qui se tiendraient aux cheveux ?
   Plus ne vous souvient-il, quand l'hiver se dégonfle,
De la chambre commune où le gros poële ronfle,
En faisant transpirer les gens et les carreaux,
Qui fondent en sueurs comme de vrais blaireaux ?
   Plus ne vous souvient-il, à l'horizon qui fume,
Du grand soleil, là-bas, se couchant dans la brume,
Et de ces belles nuits qui suivent les beaux jours ?
Pour moi, je vous le jure, il m'en souvient toujours.

XXVIII. L'Hiver.

   L'hiver ! le rude hiver ; des montagnes lointaines,
Avec ses gros sabots et ses grosses mitaines,
Le poil tout blanc de givre et le teint violacé,
Le voilà revenu, le vieux monstre glacé.
   En avant le manteau, le manchon, la pelisse,
Et les feutres aux pieds, car, aujourd'hui l'on glisse.
Et même, pour sortir, par prudence, venez
Que je vous passe au cou votre grand cache-nez.
   Voyez comme là-bas grelottent ces laitières !
Voyez comme du bout de toutes les gouttières
Pend la glace, pareille à du sucre candi...
Il fait un froid de loup ; je vous l'avais bien dit.
   Quelle saison pour ceux qui sont dans l'indigence !
Tenez, voici, je crois, enfin la diligence ;
Elle est bien en retard, mais comment faire, hélas !
Par des chemins couverts de neige et de verglas.
   Quel temps pour voyager ! Aussi, sur sa banquette,
Comme le conducteur enfonce sa casquette !
Ses chevaux n'ont pas froid, eux du moins, Dieu merci !
Comme ils fument, tandis qu'il est lui, tout transi.

Paf! qu'est-ce donc là-bas, vers la fontaine? **On crie!**...
Quelque servante avec son seau d'eau, je parie,
A qui le pied aura glissé. Précisément!
Pour se baigner, ce n'est vraiment pas le moment.

Pauvre fille! et pourtant, de ses jupes mouillées,
Regardez ce marchand de châtaignes grillées,
Il en rit, le vieux drôle; il est vrai qu'il a chaud,
En grillant ses marrons, là, sur son grand réchaud.

Comme ce pauvre chien court en baissant la queue!
Et cette mendiante à face toute bleue
Qui tâche de sourire et pleure par dessous...
Allons vite, en passant, lui donner quelques sous.

Bon! voilà les matous qui vont, par longues bandes,
Commencer sur les toits leurs folles sarabandes;
S'ils avaient aussi froid que nous, ah! les gredins!
Ils ne feraient pas tant là-haut les muscadins.

Voici monsieur Blaguot! prenons par la ruelle,
Car, s'il nous voit, malgré cette bise cruelle,
Il nous en contera, le bourreau, tant et tant,
Qu'il nous fera geler sur place en l'écoutant.

Pauvre scieur de bois; voyez, sa main transie
Va laisser défaillir sa misérable scie...
Pourquoi ne fait-on pas aussi, par charité,
Sa provision de bois dans les beaux jours d'été!

Ah! le boucher du coin ouvre bien sa boutique
Maintenant. Il ne craint ni mouche ni moustique,
Car sa viande est gelée et pour mordre dedans,
Il faudrait, certe, avoir de vigoureuses dents.

Et l'épicier aussi, lui, laisse dans la rue
Sans ombre de danger, ses quartiers de morue...
Mais que brasse-t-il donc, là-bas, dans ce grand seau?
C'est de l'huile, ma foi, dont il coupe un morceau.

Voilà du beau pain frais. A sa boulangerie,
Quand dans la rue ainsi la bise est en furie,
Un boulanger n'est pas trop mal, en vérité;
Cela compense bien les sueurs de l'été.

Regardez donc l'église! A-t-elle un air maussade,
Avec ses vitraux pleins de givre et sa façade
Que de boules de neige aspergent les gamins...
— Et la police? — Bah! je m'en lave les mains...

Quelle bise! je suis glacé jusqu'à la moëlle!
Que ne suis-je resté derrière mon gros poêle!
Tiens! j'avais oublié que du pont j'approchais...
Que l'eau doit être froide; ouais! je plains les brochets.

Et dire cependant qu'une troupe mutine
De polissons là-bas sur le marais patine;
Et dire qu'à midi, bien d'autres étourneaux,
Vont de tous les côtés s'envoler en traîneaux.

Bon appétit, messieurs; pour moi, vite je rentre.
Mais qu'est donc devenu mon mouchoir? Ah! que diantre!

S'il ne faut constamment se moucher à nouveau ;
Me voilà, je parie, un rhume de cerveau...
    L'hiver ! le rude hiver ! des montagnes lointaines,
Avec ses gros sabots et ses grosses mitaines,
Le poil tout blanc de givre et le teint violacé,
Le voilà revenu, le vieux monstre glacé.

XXIX. Le Veuvage.

    Morte! quoi, pour toujours morte, ma pauvre femme !
Le soleil de ma vie et l'âme de mon âme....
Quoi, morte après vingt ans de si parfait accord,
Non ! C'est plus fort que moi ; j'en veux douter encor.
    Mourir à quarante ans! Mais est-ce bien possible !
Quand notre vie allait devenir si paisible,
Après tant de travail, de peines et d'efforts,
Une fois nos enfants devenus grands et forts.
    Nos enfants ! Voilà donc qu'ils n'auront plus de mère !
Mais vraiment, ce serait une ironie amère !
Mais le malheur est donc sans pitié, pour oser,
Sous tant de désespoirs à la fois m'écraser.
    La providence est là. Qu'est-ce que cela prouve ?
Quand une mère est morte, est-ce qu'on la retrouve ?
Si le bon Dieu voulait si bien nous secourir,
Que ne l'empêchait-il tout d'abord de mourir ?
    Être morte ! ne plus voir ni ne plus entendre !
Ne plus rien sentir même, et se laisser étendre
Dans cet affreux cercueil sans faire un mouvement...
Oh ! c'est vous torturer par trop cruellement.
    Désormais, que faut-il que je fasse sans elle ?
L'union des époux n'est donc pas éternelle,
Comme, en nous mariant, le curé l'avait dit?
Quel crime ai-je donc fait pour être ainsi maudit ?
    A la noce, elle était si gaie et si vaillante!
Notre bourse pourtant n'était pas très-brillante,
Mais qu'importait alors à nos cœurs palpitants ?
Nous avions notre amour, nous avions nos vingt ans.
    A vingt ans rien n'effraie. A vingt ans l'on travaille,
A vingt ans l'on sourit à tout, vaille que vaille,
Et l'on va devant soi, sans même se douter
Que jamais l'avenir puisse être à redouter.
    Avoir sa femme à soi qui vous dit :—Je suis tienne !
Qui, seule est votre force, et veut qu'on la soutienne !
Sentir qu'on était deux, et qu'on ne fait plus qu'un !
A ce bonheur, tâchez d'en comparer aucun.
    Et c'est à ce bonheur qu'il faut que je renonce !
Ah ! dans mon cœur ce mot comme un couteau s'enfonce...
Quoi ! ne la revoir plus, cette ange que j'aimais
Si fort ! Non ! ni ce soir, ni demain, ni jamais !

Et moi qui remettais à plus tard, ô folie !
De te prouver combien mon âme était remplie,
Pour toi de saint respect et d'adoration...
Et ce plus tard n'est plus à ma discrétion...

En ménage, l'on a parfois des bouderies,
Des mots, de petits riens, dont les âmes aigries
Par les tracas du jour se font un gros tourment...
Que ne s'explique-t-on toujours sur le moment !

C'est un mal entendu. Peut-être, pour s'entendre,
Suffirait-il d'un mot. Mais non, l'on veut attendre ;
L'un se croit obligé de mettre l'autre au pas,
Et l'on oublie ainsi que la mort n'attend pas.

Pourquoi donc, contre soi, mettre les apparences ?
Le hazard est-il donc si chiche de souffrances,
Qu'on y supplée, avec un tel acharnement,
Bien qu'au fond de son cœur, on s'aime éperdument ?

S'aimer ! qu'est-ce, à vingt ans ? un caprice frivole
Qui, d'ordinaire, au gré du moindre vent s'envole.
Quelques larmes parfois se mettent à couler,
Mais on parvient toujours vite à se consoler.

Qui me consolera, moi sitôt solitaire ?
Va, pauvre chère qui repose dans la terre,
Laisse les débiter leurs grands mots superflus,
A notre âge, plus rien ne nous console plus.

A notre âge, la plaie est à jamais mortelle,
A notre âge on dirait que l'on nous écartèle
Quand la mort vient ainsi du cœur nous arracher
Notre trésor le plus suave et le plus cher.

Et pourtant... ces enfants que ton âme éperdue
Cherchait encore, à l'heure où nous t'avons perdue,
Ils n'ont plus, je le sais, que mon bras pour soutien...
Ah ! comment mon amour leur vaudra-t-il le tien ?

XXX. Poupet.

Comme ils sont beaux à voir groupés à l'aventure,
Ces effets contrastés de splendide nature,
Que déroule partout, au regard enchanté
Comme un royal écrin, notre Franche-Comté.

Pays des grands rochers, pays des grandes plaines
Où voyage, la nuit, l'ombre des châtelaines,
Pays des vrais savants, des nobles songes creux,
Des robustes soldats et des vins généreux.

A nous tous ces vallons, brillants palais de fées,
Où le vent libre et frais souffle à grandes bouffées,
A nous tous ces côteaux tendus de verts tapis
Moëlleux velours formé de pampres accroupis...

A nous tous ces torrents dont d'abord on s'effraie,
Puis, qui vont s'endormir derrière une oseraie,

A nous ces vieux sapins, famille de géants,
Pleins d'herbes, de murmure et d'oiseaux fainéants.

   Et les Alpes toujours comme des nonnes blanches
Drapant au loin là-bas, leur manteau d'avalanches
Et les chalets au bord des glaciers suspendus
Et les sentiers étroits dans les neiges perdus,

   Et le pâtre qui vient, sans qu'on la lui demande,
Égrainer à vos pieds sa roulade allemande,
Oui, les Alpes ! ou bien encor si vous voulez
Le Jura tout rempli de brins d'herbe perlés,

   Et notre vieux Poupet, tel qu'un pâtre de Brie
Sur son coude appuyé près de sa bergerie,
Recomptant, aussitôt qu'un peu de jour a lui,
Son Salins qui là-bas, s'allonge devant lui.

   Poupet qui, pardessus les collines, renvoie
Ses salutations au Mont-Blanc de Savoie,
Sans trop s'inquiéter de monticules nains,
Car il est aussi, lui, frère des Apennins.

   Poupet, oui, c'est à lui qu'au loin tout se rallie,
Tenez, voilà Cicon, Haute-Pierre et la Flie,
Puis Mont-Mahoux couvant du regard Fons-Lison.
Les Vosges sont là-bas, derrière l'horizon.

   Là-bas c'est la Bourgogne et le clocher de Dole.
Là-bas c'est Nozeroy, le Mont-d'Or et la Dôle ;
Là-bas le Larmont, puis le Suchet ; tous grands monts
Qui se passent entre eux, pendant que nous dormons

   Leur qui vive sacré, comme des sentinelles,
Et dressent, au matin, leurs cimes éternelles
En échangeant sous cape un clin-d'œil souriant,
Sitôt qu'une lueur pointille à l'Orient.

FIN.

ERRATUM.

Page 18, ligne 11, lisez :
Le dressoir, les chaudrons, les grands sacs, tout déloge ;

TABLE.

FIN DE LA TABLE.

Lons-le-S., imp. et lithog. de Gauthier frères.

NOELS ET CHANTS POPULAIRES
DE
LA FRANCHE-COMTÉ.

Je ne sache pas que, dans ces derniers temps, personne, en Franche-Comté, se soit spécialement occupé de notre vieille térature patoise et populaire, ainsi que cela a eu lieu dans beaucoup d'autres provinces. Comme travaux d'ensemble, nous avons eu les tentatives officielles du gouvernement en 1852, et parallèlement, le beau livre de M. Champfleury, en 1860. Ces vastes synthèses font bien comprendre l'intérêt d'une pareille étude, mais demandent à être complétées, par un recensement plus analytique dans chaque localité. En Franche-Comté pas plus qu'ailleurs, ce ne sont les matériaux qui manquent ; M. l'abbé Dartois, dans son *Étude sur nos patois*, et M. D. Monnier, dans son livre sur nos *Traditions populaires*, l'ont assez prouvé ; seulement, il faut se donner la peine de recueillir ces matériaux.

Le premier joyau de notre littérature franc-comtoise est incontestablement le recueil des *Noëls Bisontins*. Ces naïves peintures à la manière flamande ont si peu vieilli depuis deux siècles, qu'elles sont encore aujourd'hui ce que nous possédons de plus complet comme tableau de notre vie populaire ; aussi, à ce titre pourraient-elles devenir l'objet d'un travail critique rempli d'intérêt.

Depuis quelques années le hasard m'a mis peu à peu sous la main beaucoup d'autres produits de l'inspiration populaire en Franche-Comté, lesquels m'ont fait comprendre quel charme présenterait infailliblement une collection plus développée.

C'est ce qui m'encourage à faire ici appel à la collaboration de tous mes compatriotes franc-comtois, qui penseraient, comme moi, que l'amour éclairé de notre province natale , est, au fond, le témoignage le plus explicite de notre attachement à la mère-patrie. Qui de nous n'a, enfouies au fond de sa mémoire, quelques naïves chansons, chantées jadis en notre présence, par quelque bonne vieille femme, morte peut-être depuis longtemps ? Dans leur isolement, ces chansons nous semblaient peu dignes d'attention, et cependant, chose assez étrange, avec un peu d'effort, nous en retrouvons tout à coup l'air et les paroles. Au lieu d'une chanson isolée, groupons-les par centaines, et de ce groupe va se dégager pour nous la révélation et l'intelligence de cette nouveauté inattendue.... l'art populaire.

Ayez donc, ami lecteur, l'obligeance de m'adresser tout ce que votre mémoire, ou celle de votre entourage, pourra vous fournir en ce genre ; nous sauverons ainsi de l'oubli beaucoup de charmants lambeaux de notre vie provinciale, dont il est grand temps de s'occuper, si on ne veut pas qu'ils disparaissent tout à fait, et bientôt nous publierons ensemble une édition simple et peu coûteuse des *Noëls et chants populaires de la Franche-Comté*.

Je serais très-reconnaissant envers ceux de nos journaux franc-comtois qui voudraient bien reproduire le présent appel dans leurs colonnes.   MAX-BUCHON.

Salins, le 10 septembre 1862.

www.ingramcontent.com/pod-product-compliance
Lightning Source LLC
Chambersburg PA
CBHW061651180626
46818CB00003B/1047